中国少年成长智慧书

练会金口才，铸就演讲家

鲁迅 闻一多 等 著

四川文艺出版社

图书在版编目（CIP）数据

练会金口才，铸就演讲家 / 鲁迅等著. — 成都：
四川文艺出版社, 2021.4
（中国少年成长智慧书）
ISBN 978-7-5411-5893-3

Ⅰ. ①练… Ⅱ. ①鲁… Ⅲ. ①演讲－世界－选集
Ⅳ. ①I16

中国版本图书馆CIP数据核字（2021）第048367号

LIANHUI JINKOUCAI, ZHUJIU YANJIANGJIA
练会金口才，铸就演讲家

鲁 迅 闻一多 等 著

出 品 人 张庆宁
责任编辑 陈雪媛
封面设计 鸿儒文轩
责任校对 段 敏
责任印制 桑 蓉

出版发行 四川文艺出版社（成都市槐树街2号）
网 址 www.scwys.com
电 话 028-86259287（发行部） 028-86259303（编辑部）
传 真 028-86259306

邮购地址 成都市槐树街2号四川文艺出版社邮购部 610031
印 刷 阳谷毕升印务有限公司
成品尺寸 145mm×210mm 开 本 32开
印 张 6.5 字 数 110千
版 次 2021年4月第一版 印 次 2021年4月第一次印刷
书 号 ISBN 978-7-5411-5893-3
定 价 30.00元

序　言

　　这是一套给少年读的成长智慧书，是帮助少年儿童成长的引导书。本书充分运用循序渐进的学习手段，适合少年儿童慢读。书中的美文能对少年的成长起到护航保驾的作用，在促进少年儿童情商、智慧、心性成长等方面，极富价值。

　　苏格拉底曾对弟子说："人生就是一次无法重复的选择。"命运没有彩排，时刻都是现场直播。为了少走弯路，我们可以借鉴前人的经验，追寻前人的脚步。前事不忘，后事之师，我们会从中吸取经验，从而使自己的生命在有限的时间里无限延展。

　　"中国少年成长智慧书"系列崇尚"读万卷书，不如行万里路；行万里路，不如阅人无数。最后形成自由独立之人格，达到高尚人生境界"。并按此思路进行编选。精选名家大师作品，从读书、行路、阅人、做人四个方面对少年儿童的成长进行深层指导和影响。

编者在每篇文章前，对作者做了介绍，并附上了写作背景或感悟体会，方便读者在阅读时更好地理解作者当时的写作心情及境遇。

《书山寻径，滋养心灵》精选名人论述关于书籍与读书的文章，选文内容广泛，文章挥洒自如，妙趣横生。大师们的心得与感悟，洒播了一路的智慧之光，像路标指引着我们前进的方向。大师们精彩的文字，让我们能够懂得阅读是一个人的旅程，需要坚定心性，一路向前。

《遍观天下，胸有丘壑》将带领我们去往世界各处，用眼看世界，用心思考世界与成长。旅行，不只风景，更多的是创意和智慧的收获！读万卷书，行万里路。旅行，是打开视野的一个窗口，更是一次知识的大充电。跟随大师的脚步，阅读这些精彩的美文，让今天的我们在欣赏优美文字的同时，对历史、对自然、对世界也有更多了解。

《练会金口才，铸就演讲家》带领大家领略名家风采。演讲，不仅是语言的艺术，更是智慧的结晶，是振奋人心的呐喊。每一篇成功的演讲都是人们经过深思熟虑，将生活阅历、实践真知、人生智慧和语言技巧融为一体的结果，是每一位先辈的高光时刻。"三人行，必有我师焉"，本书中振奋人心的名人演讲，无一不是绝佳的思想盛宴，是这个世界上充满智慧的灯塔，值得每个青少年认真观阅和学习。

《学会舍得，成就未来》概括了孩子应该具备的三种极其重要的素质：自省、包容和赞美。这些充满哲理而又富有情节的故事，能激起他们读下去的欲望，进而引发他们的思考。孩子们就是在这种阅读的过程中开动脑筋、增长知识、完善性格、塑造心灵的。人生的美德与智慧就像散落的沙子，我们每天收集哪怕一粒，总有一天会聚沙成塔，收获一个灿烂的明天。

少年正处于个体人生观、价值观、世界观形成的关键时期，应该更多地接触具有大智慧之文章，使自己形成大格局、大视野，构建大的美学观念和高远的理想信念，成就具有大智慧的三观。愿我们精心编选的这部书如和煦春风、淅沥春雨，催生出已然萌动于少年儿童心中的美丽新芽。抬眼望去，一道道幸运之门、成功之门、快乐之门、幸福之门和智慧之门将瞬间开启。

本书系作品为保留原文风貌，当年习惯使用字词与今不同者，均不改动，只对其中明显错别字和今人容易产生歧义之处，按今日出版要求订正。作品标点与今日规范相异者，一律依旧。作品中所遇外语词汇翻译与今译不合者，保留原貌。

编　者

2020 年夏

目录

第三章　名人社会演讲

第一章　跟我一起学演讲

演讲，不仅是语言的艺术，更是智慧的结晶，是振奋人心的呐喊。正如常言所道："政治家和成功人士都是善于运用晦涩词汇或漂亮语言，来阐述自己思想的高手，同时也是启迪他人的能手。"每一次成功的演讲都是人们经过深思熟虑，将生活阅历、实践真知、人生智慧和语言技巧融为一体的结果，同时也是他们的人生高光时刻。三人行，必有我师焉，那些振奋人心的名人演讲，无不是一场绝佳的思想盛宴，是这个世界上充满智慧的灯塔，值得每个青少年认真观阅和学习。在本章中，我们将首先了解一些有关演讲与口才的基本技巧和有趣常识，以便更好地从演讲中汲取营养。

高效演讲的基本方法

戴尔·卡耐基（1888—1955）

被誉为 20 世纪出色的心灵导师和成功学大师，美国现代成人教育之父，著名演说家、心理学和人际关系学家。卡耐基利用大量普通人不断努力取得成功的故事，通过演讲和出书唤起无数陷入迷惘的人的斗志，激励他们取得辉煌的成功。所有的艺术都有根本的原则和技巧，演讲也是。在下述文章中，卡耐基将教会我们，想要学会演讲，就必须端正态度，学习演讲的基本原则。

1912 年，"泰坦尼克号"在北大西洋冰冷的海水中沉没，也正是那一年，我开设了指导当众讲话的课程。现在，在我手中毕业的学生大概有 75 万。

　　第一节指导当众讲话的课程是示范表演。很多学员站在讲台上讲述他们选择这门课程的原因，并且表达通过学习这门课程他们期望获得什么。虽然每个人的说辞都不一样，但是大部分原因和基本需求是一样的："在众人面前讲话时，我会感到有些别扭，总害怕无法保持理智，无法集中注意力，有时候甚至会忘记想说的话。我期望通过学习这门课程，树立自信，改善这种状况，学会自由自在地考虑问题，学会理智清醒地总结思想，无论是在商业场合还是在社交场合都能如鱼得水，逻辑清楚，使语言更富魅力。"

　　这些话听起来真的太熟悉了。相信你也曾感到力不从心吧。你期望自己在众人面前演讲时开口成篇，侃侃而谈，令人信服吗？既然你已经打开了这本书，相信你也同样期望有能力成功演讲。

　　你的想法我都知道。我认为你会问："卡耐基先生，在你看来，我真的能树立自信，在众人面前口齿清楚地演讲吗？"

　　我几乎用整个生命帮助人们消灭内心的恐惧，建立自信，培养勇气。如果罗列我的班级中发生过的奇迹，恐怕要几十本书。所以，你的问题根本不在于"在我看来"，只要你按照书中提出的方法和建议坚持练习，你就可以做到。

　　当我们站在众人面前时，根本无法像坐着一样理智地思考，这是为什么呢？很多人在众人面前站着讲话时，会感到胃部翻腾，身体发抖，而且他们无法控制，这又是为什么呢？只要我们通过训练和练习，就能够克服这些困难，面对众人就能够不再恐惧，并且有强大的自信心，这一点不容置疑。

在这本书的帮助下，你能够实现这个心愿。这并不是简单的教科书。这本书中没有大量列举说话的技巧，没有指导人们怎样发出声音，而是在怎样训练人们成功演讲方面提出了具体措施。它以现实为基础，慢慢把你培养成一个你希望成为的人。在这一过程中，你应该尽量配合，把书中提到的建议尽量运用在所有需要说话的场合，并且坚持下去。

下面的四条意见会帮助我们更快地了解这本书，并从这本书中获得最大的收益。

一、学习间接经验，提升勇气

在历史上的某个阶段，当众演讲属于一门精妙的艺术，需要有严谨的修辞手法和高雅的演讲方式，所以，立志成为一名优秀的演讲家并不简单。但是，在现今社会中，说唱结合的演讲方式和振聋发聩的声音已经成为历史，当众讲话无非是一种范围较广的交谈。不管我们是在晚餐聚会，还是在教堂做礼拜，直率真诚的语言都更能打动我们，即便在家看电视、听收音机也是如此，我们更愿意接受理性思考，真诚沟通，而不是面对我们侃侃而谈。

当众讲话并非封闭的艺术，大量教科书中说，想要掌握这门艺术必须通过长时间的声音美化，必须通过繁重的语言训练，但事实并非如此。我多年的教学经历证明了一个事实：当众讲话并不难，我们只需要遵守一些简便却重要的规律就能够做到。1912 年，我在纽约市第 125 大街的青年基督教会开始了成人教育，那时的我和大多数刚入学的学员一样，蒙昧无知。刚开始，我讲授这些课程的方法和我在密苏里州华伦堡学院受到的教育基本相同。但不久，我就发现我犯了一个错误：我竟误以为那些混迹于商场的人士就是大学生。我意识到让他们模仿演讲大师韦伯斯特、巴克、皮特和欧·康奈尔等人，毫无价值。我的学员想要达到的效果是有勇气在下次商务会议上做一次清晰流畅的报告。因此，我放弃了教科书，走上讲台，把一些简单的概念告诉他们，直到他们能够满怀信心地完成报告，表达自身想法。很多人在完成学业后，再次回到这里学习，显然，这个办法效果不错。

如果大家有时间，我希望有人能够去我家或者我在全世界范围内的办公室参观，那里有学员写给我的信。写信的人有企业界的大咖，我们经常能在《纽约时报》和《华尔街日报》上看到他们，有州长、国会议员、大学校长和娱乐圈的名人，当然，更多的信是家庭主妇、教师、年轻的男男女女们这些生活中的平凡人写的，写信的人中有些人在企业中已经受到培训或者还没有受培训而成了主管，有些人是熟能生巧或者一窍不通的工人、工会职员、在校大学生和职业女性。他们都已经建立起了良好的自信心，认为自己有能力在公开场合表达自身想法。他们已经基本克服了这两种障碍，对我十分感谢，所以写信给我表达谢意。

我刚开始创作这本书时，大脑中飞速闪过了一个人。在上千名的学员中，他给我留下了很深的印象。他是费城一位十分成功的企业家，我称他为根特先生，他加入我的培训班不久后就请我一起吃饭。饭桌上，他略微倾斜着身子，说："卡耐基先生，我以前有大量在公开场合讲话的机会，但我总是想办法躲开。现在，我已经在一家大学的董事会中担任主席了，主持各种会议是我的工作内容之一。但我年事已高，你觉得我还有可能学会当众讲话吗？"

其实，我的培训班上有很多和他有着相似经历的人，所以，我肯定地告诉他，他一定可以学会。

过了3年，在企业家俱乐部，我们又一次见面了，并且一起吃了午饭。就在我们曾经吃饭的那个餐厅的那张餐桌上，我们聊起了当初的话题。我询问他，当初我说的话有没有成为现实，他笑了笑，摸了摸口袋，拿出来一个红色的本子，上面记载的都是他未来几个月安排的演讲日程表。他表示："能够进行这些演讲，演讲的时候得到的愉悦感和以自身能力更好地服务于社会，是我一生中最快乐的事。"

现实还不止这样。英国首相受邀来根特先生所在教区演讲时，向众人介绍这位旅美之行的卓越政治家的正是根特先生，对此，他十分自豪。

3年前，在这张餐桌上问我，能否学会当众演讲的也是此人。

此外，还有一个案例：大卫·格力屈先生已经去世了，他曾是格力屈公司的董事长。某天，他敲开我办公室的门说："每当在众人面前讲话时，我都会惊慌失措。但是我是公司的董事长，主持各种会议是无法避免的一项工作。我和董事们都很熟，当大家坐在一张桌子上聊天时，我完全可以出口成章。但如果我站起来，就会感到害怕，甚至说不出一句话。这种状况已经有很多年了。我渴望得到你的帮助，多年的遭遇让我意识到了问题的严重性。不知道你有没有办法？"

我简单回应了一句，问道："你既然不知道我是否能够帮助你，那还找我做什么呢？"

他回答说："要说原因，要提起一个为我处理私人账目的会计。他本来是一个十分羞涩的小男生，每天当他走进办公室时，都会从我的办公桌前走过。这么多年，他每次经过时都小心翼翼，两只眼睛直勾勾地看着地面，基本不说话。但是最近，他有了很大的改变，每天红光满面，进办公室时昂首挺胸，甚至还落落大方地跟我打招呼。对此，我感到很震惊，于是，询问了他原因。他跟我说：'这些改变都是因为加入了你的训练课程。我亲眼看到了他的变化，所以希望得到你的帮助。'"

我告诉格力屈先生，如果他能够按时按点参加课程，并且在我的指导下训练，那么只需要几个星期，他就有勇气在公众面前讲话了。

他回应说："如果真像你说的一样，我改变了，那我一定会成为全美国最幸福的人。"

他一直按时上课，进步很快。3个月过去了，阿斯特饭店舞厅要举行一次大型宴会，有3000人参加，我邀请了他，希望他能进行演讲，说一说训练带给他的好处。但因为他有约不能前来，对此感到十分抱歉，不过第二天他改变了主意，电话通知我可以参加。他说："我取消了原本定好的约会，能够为你演讲，是我的荣幸。我希望把我从训练中得到的一切分享给人们，用亲身经历鼓励他们，帮助他们战胜那些正在一步步吞噬他们生活的胆怯。"

我要求他演讲两分钟，但结果却是他在3000人面前说了整整 11 分钟。

在我的班级中，我看到过上千次这样的奇迹。我发现很多人的生活通过我的训练发生了很大的变化：一些人得到了朝思暮想的提升，一些人通过培训在商场、工作和交流中获益匪浅。很多情况下，想要做成一件事，一次演讲足矣。接下来，我们说说玛利欧·拉卓的事情。

我曾经收到过一封从古巴寄来的电报，这是多年前的事情了。电报中写道："如果你不发电报阻碍我的行为，我一定会马上去纽约参加演讲培训。"写电报的是玛利欧·拉卓。但我对此人一无所知，根本没有听说过。

拉卓先生来到纽约。他说："哈瓦那乡村俱乐部即将举行一场大型庆祝大会，目的是祝贺其创始人 50 岁生日，我被选为晚会的主持人，并且要为创始人颁发纪念章。我的职业是律师，不过我从来没有在公众面前演讲过。只要想到要当着那么多人讲话，我的内心就充满了恐惧。如果事情做得不漂亮，我和我的妻子就太尴尬了。在我的委托人眼中，我的形象也会大打折扣。所以，我专门从古巴过来，希望得到你的帮助。但是我只有三个星期的时间。"

三个星期内，我安排玛利欧在多个班训练，每天晚上都有演讲，一天三次或者四次。三周后，哈瓦那俱乐部的宴会如期举行，他在宴会上发表了演讲，精彩极了，《时代周刊》

特意在国外新闻栏目中报道了这件事，并给了他"银蛇演讲家"的称号。

这些事情听起来几乎不可能发生，确实如此吗？的确是这样，这是 20 世纪的人们战胜内心胆怯的奇迹。

二、时刻牢记目标

根特先生讲述着在众人面前说话的技巧，这些技巧他最近才熟练了，这给他带来了无穷的乐趣，我想他之所以能够成功和这一技巧也有极大的关系（这个原因是所有原因中最关键的）。他按照我们的引导，坚持完成了任务。但是，我更愿意相信他坚持不懈的原因是出于自身的需求，他希望能够做一位成功的演讲家。他把自己当成是未来的美好形象，然后为此坚持不懈地奋斗，最终实现了梦想。同样，你也必须这样做。

把所有的精神聚集在一个点上，每时每刻都告诉自己要保持自信，要注意培养当众演讲的能力，这一点很关键：设想你通过这种能力结识的朋友在人际交往中的重要价值，设想你可以显著提高自己为群众、为社会服务的能力，设想你的人生和事业都会因它而发生改变。总而言之，你的领袖之路因为它扫清了障碍。

艾林是国家现金注册公司的董事会主席，同时也是联合国教科文组织的主席，他在《演讲季刊》中发表了一篇文章，题为《演讲与领导在事业上的关系》。在该书中，他说："历史上很多从商人士都是因为在演讲方面有突出的表现，然后才被伯乐发现的。多年前，一位主管卡萨斯小分行的年轻人，在当地发表了一次出色的演讲，现在，他已经成为公司的副总裁了，主要负责业务。"我恰巧知道这位副总裁同时担任着国家现金注册公司的总裁。

　　有能力在众人面前淡定从容地演讲，会带给你的未来无限可能。美国舍弗公司的总裁亨利•布莱克斯通也是我的学员之一。他说："我们需要的积极进取的人应当具备和他人有效交流的能力，并在交流中争取达成合作，这种能力是一笔宝贵的财富。"

　　我们设想一下，如果你可以自信满满地站在众人面前，和他们分享你的思想和情感，那种感觉该多么满足，多么舒服啊！通过多次的环球旅行，我明白了一个道理，如果能够用语言的魔力对全场的听众产生影响，那么你所获得的成就感是任何事物都无法比拟的。在这个过程中，你能够感受到力量和强大。一位毕业生曾经告诉我："在上台演讲的前两分钟，我宁愿接受鞭打也不愿意上台演讲，但是在演讲结束的最后几分钟里，我更希望时间停留在那一刻，即便让我挨一枪我也愿意。"

现在，你可以闭上眼睛，想象一个场景：台下坐满了听众，你满怀信心地走上了演讲台，开场后全场的听众没有一个人说话，你开始了演讲，语言通俗，道理深奥，一语中的，全场听众都聚精会神地听着，演讲结束，你离开演讲台，全场响起了热烈的掌声，你面带微笑接受大家的称赞，多么温暖的画面啊。我相信，这里包含的魔力和惊喜会让你永生难忘，请你也相信这一点。

威廉·詹姆斯是哈佛大学杰出的心理学教授，他曾经说过 6 句话，我想这 6 句话可能会影响你的一生。也正是这 6 句话，成了阿里巴巴探索藏宝穴的秘诀：

只要你满怀激情，不管什么课程，你都可以顺利完成。

如果你对结果给予厚望，那么你一定可以拥有它。

只要你希望做好，那么你一定可以做好。

如果你对财富充满渴望，那么你一定会得到它。

如果你希望成为一个博学的人，那么你一定会博才多学。

只有对这些事情发自内心地渴望，你才可能一心一意，不会三心二意，花费时间想一些无关紧要的事情。

实际上，学习在众人面前有效地讲话，不只是为了应对比较正式的公开演讲。或许你这一生都没有机会进行正式的公开演讲，但是接受这类培训同样会使你受益匪浅。比如，当众演讲能够帮助你树立自信心。如果你知道自己可以站在众人面前有条理地讲话，那么你在和他人交流的时候，一定会信心百倍，且勇气十足。大多数参加我"高效演讲"课程的人，都是因为在公众场合总是感到羞涩拘谨。但是他们一旦发现自己完全可以站着和同事聊天，这并不是什么大不了的事情时，就会发现自己的拘谨原来就是一个笑话。通过训练，他们变得更加潇洒自在，他们的家人、友人和工作上的客户与合作伙伴对他们的印象都有了很大的改观。大多数毕业的学员都是因为看到了周围人发生的翻天覆地的变化，所以才选择参加课程的。格力屈先生就是其中之一。

通过这种训练，人的性格会在一些方面发生变化，但是这种变化并不会马上表现出来。前不久，我和大卫·奥尔曼博士聊天，他是大西洋城的外科医生，也是美国医学学会的会长，我们的聊天围绕接受在众人面前的训练，对一个人有哪些好处，重点是对人的生理和心理健康有哪些影响。对这一问题，他认为："这一问题最完美的答案是一个处方，但是处方上的药物在药房是抓不到的，我们每个人都需要自己配药，如果有人认为自己做不到，那就大错特错了。"

这张处方就放在我的桌子上，每次我读它，都会有不一样的收获，下面是奥尔曼博士写的处方：

用心提升自身能力，让他人住进你的大脑和心灵中。尝试面对个别的人，或者面对众人清楚地表达你的想法和理论。如果你不断努力并获得了进步，你就会发现，你——真正的你——正在为自己创造出一个前所未有的全新的形象。

于你而言，这个处方的收获是双份的。只要你尝试和别人交流，你的自信心必然会逐渐增加，你的性格必然会更加温柔、完美。这表明你的情绪已经越来越趋向于好的状态。随着情绪的改变，你的身体自然也会不断变好。在我们生活的环境中，不管是男性还是女性，不管是老年人还是儿童，都逃不开当众讲话。虽然我不知道当众讲话在工商业中能够带来多少利益，但是据众人反映，拥有这一技能便会拥有无穷无尽的利益。但是我很清楚它对健康的好处。如果你抓住每一个和几个人或者很多人说话的机会，你一定会说得越来越好，我就是如此。此外，你还会感到神志清爽，心情舒畅，甚至觉得自己趋于完美，这对你来说会是一种前所未有的体验。

这是一种十分奇妙的感觉，是所有药物都无法带来的体验。

所以，第二步引导就是想象着你正在做那件让你感到害怕的事情，且做得十分成功，想象着你已经完全有能力在众人面前讲话，而且已经被他们接受了，此外，你还从这件事情中获得了很多好处。记住威廉·詹姆斯的话："如果你对结果给予厚望，那么你一定可以拥有它。"

三、坚信自己，必定成功

记得我参加过一个广播节目，节目要求我用 3 句话简单说明我曾经学到的对我最重要的一门课。当时的我这样描述："对我来说，最重要的一课是思想对我们而言至关重要。如果我能够看透你的思想，那我就会对你了如指掌，因为是思想成就了我们。如果能够改变我们的思想，那我们的一生也会随之改变。"

既然你已经定下了树立自信心和有效交流的目标，那么，从此时此刻开始，你就要更加积极，想象着这些目标一定能够成为现实。你一定要以一颗轻松愉悦的心面对在当众演讲方面付出的努力，在每一个词语、每一个句子、每一项行动上刻上你的决心，尽心尽力地提升这种能力。

我这里有一个故事可以有力地证明这一看法。

不管是谁，只要渴望挑战语言表达能力，就必须有坚持不懈的决心。我所讲的故事的主人公现在已经成为商界的奇迹了，他是企业最高层的管理人员。但他在大学却有过一段完全不一样的经历，第一次在大学里站在众人面前讲话时，他不善言谈，落荒而逃。老师立下规矩，每位同学要进行 5

分钟的演讲，但是他还没有讲到一半，就脸色惨白，泪眼汪汪地急忙从讲台上走了下来。

但这次经历并没有彻底打败他。他下定决心，一定要成为一名非常成功的演讲家，为此他不断努力，从未放弃，最后他成了政府的经济顾问，受到了世人的尊敬，这个人就是劳伦斯·蓝道尔。《自由的信念》是其代表作品之一，这是一本思想内涵极其丰富的书，在这本书中，他曾经谈论到当着众人演讲的状况："我的演讲安排得很紧张，我需要出席厂商协会、商务会、扶轮社、基金筹募会、校友会和其他团体等举行的多种聚会。我曾经进行过一次爱国主义演讲，地点是密歇根州的艾斯肯那巴，在那次演讲中，我谈到了我曾经参加过"一战"；我还和米基·龙尼合作过巡回慈善演讲，和哈佛大学的校长詹姆士·布朗特·柯南合作过教育宣传，也和芝加哥大学的校长罗伯特·哈钦斯合作过教育宣传，我甚至还在一次用餐之后用法语发表过演讲，而且我的法语是十分糟糕的。

"我知道听众内心的想法，更清楚他们想让我用怎样的方式把这些话说出来。对于那些责任重大的人来说，其中的诀窍无非就是，只要你想学，就可以学会。"

我和蓝道尔先生的想法是一样的。你有没有可能成为一名有效的说话者，关键取决于你成功的决心。如果我对你足够了解，清楚你的意志力究竟有多强，知道你是不是一个乐观的人，就可以对你在交流技巧上的进步速度有一个比较准确的判断。

有一位在我中西部班上的学生，进入班级的第一天夜晚就站起来满怀信心地说，做一名房屋建造商已经无法满足他内心的欲望了，他希望成为"全美房屋建筑协会"的发言人。他希望能够在全国各地游走，把他从事房屋建筑行业过程中遇到的所有问题和获得的所有经验分享给人们，这是他的愿望。乔·哈弗斯蒂确实做到了这一点，老师十分喜爱这种学生，因为他有强烈的欲望。

他希望讲述的不只是地方性问题，也包含了全国性问题。对此，他一心一意，精心准备演讲，用心练习，从来没有因为什么事延误任何一堂课，即便是在上一年最忙的时候，他也专心致志地按照所有的要求做事——最终他取得了出人意料的进步。他用了两个月的时间便成了班级里的优秀学生，并且被大家选为班长。

大概过了一年，当初在弗吉尼亚州的诺福弗克市管理这个班级的老师说了一件事："我对俄亥俄州的乔·哈弗斯蒂没有任何印象。某一天早上，我吃早餐的时候，翻看了《弗吉尼亚指南》，没想到竟然看见了乔的照片和一篇关于他的报道，整篇文章充满了溢美之词。报道中说，他在一次地区的建筑商聚会上进行了精彩的演讲，这就是前天晚上的事情。现在，我看到的乔不只是全国房屋建筑协会的发言人，更像是会长！"

所以，想要获得成功，内心的渴求欲十分重要，此外，还必须保持足够的热情、翻山越岭的毅力，以及强大的自信心，相信你一定可以取得成功。

你还记得尤里乌斯·恺撒是如何带领军队获得成功的吗？他们从高卢飞奔而来，穿过海峡，带领军团抵达英格兰。他很聪明，想到了一条妙计：他带着军队到达多佛海峡的白岩石悬崖上，然后看着一把大火把那些运送他们渡海的船只在脚下两百英尺的海面上化为灰烬。他们身处帝国，和大陆已经失去了联系，就连撤退的工具都已经被烧毁了，那么，他们就只能做一件事情，那就是前进！攻占！恺撒就是这样带领他的军队获得最后胜利的。

这就是永垂不朽的恺撒精神。如果你想要战胜面对众人时内心的恐惧，那为什么不去实践这种精神呢？把那些负面情绪全部葬身火海，把所有可能的退路全部切断。

四、抓住所有机会，练习演讲

在"一战"开始以前，我就改变了我在第 125 大街青年基督教协会开设的课程，状况和当年完全不同。每一年都会有新的观念融入课程，当然，一些陈旧的思想也会随之淘汰。但是有一点始终未变，那就是每一位加入的学员都需要当着众人做一次演讲，当然也可能是两次。为什么会如此呢？因为如果一个人没有当着众人演讲过，就不可能学会这种技能，就好像一个不下水的人永远不可能会游泳。即便你对所有讲当众演讲的书了如指掌，这本书也算是其中一本，依然无法做到当众开口，那些书对你而言也不会有任何好处。这本书起引导的作用，需要你在实践中运用。

有人曾经咨询过萧伯纳，想知道他在当众演讲的时候是怎样做到盛气凌人的，他回答说："我滑雪的经历给了我很大的启发，不断让自己出丑，直到掌握了这种技能。"萧伯纳年轻的时候，在伦敦可以说是特别胆小的一个人，有时候他去找一个人，经常会在走廊上来来回回走 20 分钟或者更久，然后才敢去敲门。他很清楚："几乎没有人只因为胆小而陷入无尽的痛苦之中，也很少有人因为胆小而感到羞愧。"

幸运的是，他无意识地运用了最迅速、最恰当、最高效的方式战胜了胆小、羞涩和害怕。他下定决心要把这个弱点变成他绝对的优势。于是，他决定参加一个辩论学会，只要伦敦有公众参与讨论的机会，一定会有他的身影。萧伯纳全心全意地为社会主义事业而奋斗，去各个地方演讲，终于，他使自己成了 20 世纪上半叶最有自信、最杰出的演说家之一。

不管在什么地方，我们都有机会说话，所以不如去参加某些组织，做一些需要我们说话的工作。比如在聚会上，我们可以站起来说几句话，即便只是对他人观点的附和也好。在开会的时候，不要总是悄悄地将自己隐身。大胆地发出声音吧！领导一队童子军，或者参加一些需要积极参与聚会的团队。其实，你只要环视一下四周的工作，就会发现所有的工作和活动都需要我们开口说话，即便是在住宅小区也是这样。如果你不开口说话，你这一生都不知道自己可能取得哪些进步。

一位青年商务主管曾经告诉我："你所说的道理我很清楚，但是我还是会对学习中可能遇到的重重困难感到担忧。"

"重重困难？"我回应说，"你千万不要有这种想法。一旦产生这种想法，在你面对困难的时候可能就无法保持争取的态度了，更无法激发你的征服欲望。"

"那是一种什么样的欲望呢？"他疑惑地问。

"简单点说，就是敢于冒险的精神。"我回答说。然后，我又跟他说了一些利用当众演讲获取成功的案例，同时，还告诉了他一些通过当众演讲使性格更加活泼开朗的案例。

最终，他告诉我："我想尝试，我希望能够加入这次探险。"

　　当你把这本书读下去，并且把书中的内容和实践相结合的时候，你就是在探险。很快，你就会发现，在这场探险之旅中，能够给你提供帮助的是你的自我指引能力和洞察力。同时，你还会意识到，你会被这场探险彻头彻尾地改变。

论言谈

弗朗西斯·培根（1561—1626）

英国文艺复兴时期最重要的散作家、哲学家，实验科学的创始人，近代归纳法的创始人。主要著作有《新工具》《论科学的增进》《学术的伟大复兴》《培根随笔》等。培根是一位经历了诸多磨难的贵族子弟，复杂多变的生活经历丰富了他的阅历，随之而来的，他的思想成熟，言论深邃，富含哲理。在本文中，他为我们论述了一些说话的技巧，以及应该避免的一些情况。

有些人在讲话时，总是期望获得能言善辩的美名，而不是明辨真伪的赞扬，仿佛说话的技巧比思考的能力更重要。有些人的确擅长某些常见的话题，但是却经常重复自己。这种人在大多数情况下是乏味的，一旦被人察觉，就会被笑话。

谈话中最宝贵的一点是挑起话题，并自然地引导他人，就像跳舞中的领舞一样。在讨论和演讲中，最好是将当下的叙述与论点，故事与道理，问题与见解，通过幽默巧妙地融合在一起，因为讲话本是一件令人容易厌倦且筋疲力尽的事情。

至于幽默的素材，有些事情应该避免提及，比如宗教、国家事务、伟人、任何人目前的重要工作，以及任何值得同情之事。但是，有些人觉得寻常的谈话无法体现他们的智慧，除非冷嘲热讽，揭穿他人。这种倾向应该予以制止。

少用鞭子，男孩，多用缰绳。[①]

通常来说，那些难受的滋味人人都能体会。那些喜欢冷嘲热讽的人，也会让人对他心生畏惧。喜欢提问的人可以从中学到很多知识，尤其当他所提的问题是对方的特长时。因为这样一来，对方会很乐意分享知识，而他也会同时收获知识。但是，所提的问题不应该太刁钻，那样就会让人讨厌。讨论的同时，还应注意多给予对方讲话的机会。如果有一群

---

① 　原文为拉丁文，出自奥维德《变形记》第 2 章第 127 行。

人在讨论，当其中一人滔滔不绝地垄断谈话时，我们应该想办法结束这种状况，并让更多人参与到讨论中来，就像乐师指导灵动的双人舞一样。

假如你知道某件事情，请不要假装不知道，否则，你一旦被别人察觉出来在假装，以后碰到你不知道的事情，别人也会以为你知道。你也就丧失了和别人正常交流的机会。

在讲话时，请记得少说自己，并懂得适可而止，多给他人讲话的机会。我知道有一个人曾用一种轻蔑的口吻说："他那么喜欢讨论自己，一定是个聪明人吧。"只有一种情况下，一个人可以适当地称赞自己，那就是当他称赞别人时，尤其当他和别人拥有一样的优点时。我应该少说刺激他人的话，交谈就像奔跑在广阔的原野中，不应该侵犯他人的领地。我认识两个英格兰西部的贵族，其中一个贵族喜欢冷嘲热潮，但也喜欢在家大摆宴席招待客人，另外一个贵族问参加过他宴席的客人："请老实讲，他在宴席上有没有冷嘲热潮？"食客说确实有这种情况，贵族便回道："那他可糟蹋了一桌美食。"

谨慎的语言比伶俐的口才更重要，话语得体，远比辞藻华丽和头头是道更重要。一个人滔滔不绝，而没有良好的互动，就会显得节奏缓慢；而互动交流中，如果准备不足、言不达意，也会显得浅薄无力。我们在动物身上看到，那些不善于直跑的动物却十分善于转弯，这也是猎狗与野兔的区别。在切入正题前，说太多弯弯绕绕的话会让人厌烦，然而直接进入主题又太突兀了。

"话"

徐志摩（1897—1931）

现代诗人、散文家，新月派代表诗人。1915 年毕业于杭州一中，先后就读于上海沪江大学、天津北洋大学和北京大学。青年时期留学美国克拉克大学、英国剑桥大学，受到了西方现代教育的熏陶和欧美浪漫主义、唯美主义的影响，一生追求理想爱情与浪漫自由。1931年 11 月 19 日因飞机失事罹难。代表作品有《再别康桥》《翡冷翠的一夜》。在本文中，徐志摩告诉我们，什么话值得听，什么话不值得听。他的观点独特，令人深思。

绝对的值得一听的话，是从不曾经人口说过的；比较的值得一听的话，都在偶然的低声细语中；相对的不值得一听的话，是有规律有组织的文字结构；绝对不值得一听的话，是用不经修炼、又粗又蠢的嗓音所发表的语言。比如：正式会集的演讲，不论是运动、女子参政或是宣传色彩鲜明的主义；学校里讲台上的演讲，不论是山西乡村里训阎阎圣人用民主主义的冬烘先生①的法宝，或是穿了前红后白道袍方巾的博士衣的瞎扯，或是充满了烟士披里纯②开口天父闭口阿门的讲道——都是属于我所说的最后的一类，都是无条件的根本的绝对的不值得一听的话。

历代传下来的经典，大部分的文学书，小部分的哲学书，都是末了第二类——相对的不值得一听的话。至于相对的可听的话，我说大概都在偶然的低声细语中。例如真诗人梦境最深——诗人们除了做梦再没有正当的职业——神魂还在祥云缥缈之间那时候随意吐露出来的零句断片，英国大诗人宛茨渥士所谓在茶壶煮沸时嗤嗤的微音，最可以象征入神的诗境——例如李太白的"我醉欲眠卿且去，明朝有意抱琴来"，或是开茨的"There I shut her wild, wild eyes / With kisses four"，你们知道宛茨渥士和雪莱他们不朽的诗歌，大都是在田野间、海滩边、树林里，独自徘徊着像离魂病似的自言自

---

① 指昏庸浅陋的知识分子。
② "烟士披里纯"是"inspiration"的音译，译为"灵感"。

语的成绩；法国的波特莱亚、凡尔仑他们精美无比妙句，很多是受了烈性的麻醉剂——大麻或是鸦片——影响的结果。这种话比较的很值得一听。

还有青年男女初次受了顽皮的小爱神箭伤以后，心跳肉颤面红耳赤地在花荫间、在课室内，或在月凉如洗的墓园里，含着一包眼泪吞吐出来的——不问怎样的不成片段，怎样的违反文法——往往都是一颗颗稀有的珍珠，真情真理的凝晶。但诸君要听明白了，我说值得一听的话大都是在偶然的低声和语中，不是说凡是低声和语都是值得一听的，要不然外交厅屏风后的交头接耳，家里太太月底月初枕头边的小噜嗦，都有了诗的价值了！

绝对的值得一听的话，是从不曾经人口道过的。整个的宇宙，只是不断的创造；所有的生命，只是个性的表现。真消息，真意义，内蕴在万物的本质里，好像一条大河，网络似的支流，随地形的结构，四方错综着，由大而小，由小而微，由微而隐，由有形至无形，由可数至无限。但这看来极复杂的组织所表明的只是一个单纯的意义，所表现的只是一体活泼的精神；这精神是完全的，整个的，实在的；唯其因为是完全、整个、实在而我们人的心力智力所能运用的语言文字，只是不完全非整个的、模拟的、象征的工具，所以人类几千年来文化的成绩，也只是想猜透这大迷谜似是而非的各种的尝试。人是好奇的动物；我们的心智，便是好奇心活动的表现。这心智的好奇性便是知识的起源。一部知识史，只是历尽了九九八十一大难却始终没有望见极乐世界求到大藏真经的一部西游记。说是快乐吧，明明是劫难相承的苦恼，苦恼中又分明在有无限的安慰。

我们各个人的一生便是人类全史的缩小，虽则不敢说我们都是寻求真理的合格者，但至少我们的胸中，在现在生命的出发时期，总应该培养一点寻求真理的诚心，点起一盏寻求真理的明灯，不至于在生命的道上只是暗中摸索，不至于盲目地走到了生命的尽头，什么发现都没有。

但虽则真消息与真意义是不可以人类智力所能运用的工具——就是语言文字——来完全表现，同时我们又感觉内心寻真求知的冲动，想侦探出这伟大的秘密，想把宇宙与人生的究竟，当作一朵盛开的大红玫瑰，一把抓在手掌中心，狠劲地紧挤，把花的色、香、灵肉，和我们自己爱美、爱色、爱香的烈情，搅和在一起，实现一个彻底的痛快；我们初上生命和知识舞台的人，谁没有，也许多少深浅不同——浮士德的大野心，他想 "discover the force that binds the world and guides its course"。谁不想在知识界里，做一个垄断一切的拿破仑？

这种想为王为霸的雄心，都是生命原力内运的征象，也是所有的大诗人、大艺术家最后成功的预兆；我们的问题就在怎样能替这一腔还在潜伏状态中的活泼的蓬勃的心力心能，开辟一条或几条可以尽情发展的方向，使这一盏心灵的神灯，一度点着以后，不但继续有燃料的供给，而且能在狂风暴雨的境地里，益发地光焰神明；使这初出山的流泉，渐渐地汇成活泼的小涧，沿路再并合了四方来会的支流，虽则初起经过崎岖的山路，不免辛苦，但一到了平原，便可以放怀地奔流，成口成江，自有无限的前途了。

真正伟大的消息都蕴伏在万事万物的本体里，要听真值得一听的话，只有请来两位最伟大的先生。

现放在我们面前的两位大教授，不是别的，就是生活本体与大自然。生命的现象，就是一个伟大不过的神秘；墙脚的草兰，岩石上的苔藓，北洋冰天雪地里的极熊水獭，城河边咕咕叫夜的水蛙，赤道上火焰似沙漠里的爬虫，乃至于弥漫在大气中的微菌，大海底最微妙的生物；总之太阳热照到或能透到的地域，就有生命现象。我们若然再看深一层，不必有菩萨的慧眼，也不必有神秘诗人的直觉，但凭科学的常识，便可以知道这整个的宇宙，只是一团活泼的呼吸，一体普遍的生命，一个奥妙灵动的整体。一块极粗极丑的石子，看来像是完全无意义毫无生命，但在显微镜底下看时，你就在这又粗又丑的石块里，发现一个神奇的宇宙，因为你那时所见的，只是千变万化颜色花样各自不同的种种结晶体，组成艺术家所不能想象的一种排列；若然再进一层研究，这无量数的凝晶各个的本体，又是无量数更神奇不可思议的电子所组成：这里面又是一个 Cosmos，仿佛灿烂的星空，无量数的星球同时在放光辉在自由地呼吸着。

但我们决不可以为单凭科学的进步就能看破宇宙结构的秘密，这是不可能的。我们打开了一处知识的门，无非又发现更多还是关得紧紧的，猜中了一个小迷谜，无非从这猜中里又引出一个更大更难猜的迷谜，爬上了一个山峰，无非又发现前面还有更高更远的山峰。

这无穷尽性便是生命与宇宙的通性。知识的寻求固然不能到底，生命的感觉也有同样无限的境界。我们在地面上做人这场把戏里，虽则是霎那间的幻象，却是有的是好玩，只怕我们的精力不够，不曾学得怎样玩法，不怕没有相当的趣味与报酬。

所以重要的在于养成与保持一个活泼无碍的心灵境地，利用天赋的身与心的能力，自觉地尽量发展生活的可能性。活泼无碍的心灵境界比如一张绷紧的弦琴，挂在松林的中间，感受大气小大快慢的动荡，发出高低缓急同情的音调。我们不是最爱自由最恶奴从吗？但我们向生命的前途看时，恐怕不易使我们乐观，除我们一点无形无踪的心灵以外，种种的势力只是强迫我们做奴隶的势力，种种对人的心与责任，社会的习惯，机械的教育，沾染的偏见，都像沙漠的狂风一样，卷起满天的沙土，不时可以把我们可怜的旅行人整个儿给埋了！

这就是宗教家出世主义的大原因，但出世者所能实现的至多无非是消极的自由，我们所要的却不止此。我们明知向前是奋斗，但我们却不肯做逃兵，我们情愿将所有的精液，一齐发泄成奋斗的汗，与奋斗的血，只要能得最后的胜利，那时尽量的痛苦便是尽量的快乐。我们果然有从生命的现象与事实里，体验到生命的实在与意义；能从自然界的现象与事实里，领会到造化的实在与意义，那时随我们付多大的价钱，也是值得的了。

要使生命成为自觉的生活，不是机械的生存，是我们的理想。要从我们的日常经验里，得到培保心灵扩大人格的滋养，是我们的理想。要使我们的心灵，不但消极地不受外物的拘束与压迫，并且永远在继续地自动，趋向创作，活泼无碍的境界，是我们的理想。使人们的精神生活，取得不可否认的实在，使我们生命的自觉心，像大雪天滚雪球一般地愈滚愈大，不但在生活里能同化极伟大极深沉与极隐奥的情感，并且能领悟到大自然一草一木的精神，是我们的理想。使天赋我们灵肉两部分的势力，尽情地发展。趋向最后的平衡与和谐，是我们的理想。

理想就是我们的信仰，努力的标准，如果我们能运用想象力为我们自己悬拟一个理想的人格，同时运用理智的机能，认定了目标努力去实现那理想，那时我们奋斗的历程中，一定可以得到加倍的勇气，遇见了困难，也不至于失望，因为明知是题中应有的文章。我们的立身行事，也不必迁就社会已成的习惯与法律的范围，而自能折中于超出寻常所谓善恶的一种更高的道德标准；我们那时便可以借用李太白当时躲在山里自得其乐时答复俗客的妙句，"桃花流水窅然去，别有天地非人间！"

我们也明知这不是可以偶然做到的境界；但问题是在我们能否见到这境界，大多数人只是不黑不白地生，不黑不白地死，耗费了不少的食料与饮料，耗费了不少的时间与空间，结果连自己的臭皮囊都收拾不了，还要连累旁人；能见到的人已经很少，见到而能尽力去做的人当然更少，但这极少数人却是文化的创造者，便能在梁任公先生说的那把宜兴茶壶里留下一些不磨的痕迹。

我个人也许见言太偏僻了，但我实在不敢信人为的教育，他动的训练，能有多大价值；我最初最后的一句话只是"自身体验去"，真学问、真知识决不是在教室中书本里你所能求得的。

大自然才是一大本绝妙的奇书，每张上都写有无穷无尽的意义，我们只要学会了研究这一大本书的方法，多少能够了解它内容的奥义，我们的精神生活就不怕没有滋养，我们理想的人格就不怕没有基础。但这本无字的天书，决不是没有相当的准备就能一目了然的；我们初识字的时候，打开书本子来，只见白纸上书的许多黑影，哪里懂得什么意义。我们现有的道德教育里哪一条训条，我们不能在自然界感到更深切的意味、更亲切的解释？每天太阳从东方的地平上升，渐渐地放光，渐渐地放彩，渐渐地驱散了黑夜，扫荡了满天沉闷的云雾，霎刻间临照四方，光满大地；这是何等的景象？夏夜的星空，张着无量数光芒闪烁的神眼，衬出浩渺无极的穹苍，这是何等的伟大景象？大海的涛声不住地在呼啸起落，这是何等伟大奥妙的影像？高山顶上一体的纯白，不见一些杂色，只有天气飞舞着，云彩变幻着，这又是何等高尚纯粹的景象？小而言之，就是地上一棵极贱的草花，它在春风与艳阳中摇曳着，自有一种庄严愉快的神情，无怪诗人见了，甚至内感"非涕泪所能宣泄的情绪"。宛茨渥士说的自然"大力回容，有镇驯矫饬之功"，这是我们的真教育。但自然最大的教训，尤在"凡物各尽其性"的现象。玫瑰是玫瑰，海棠是海棠，鱼是鱼，鸟是鸟，野草是野草，流水是流水；各有各的特性，各有各的效用，各有各的意义。仔细的观察与悉心体会的结果，不由你不感觉万物造作之神奇，不由你不相信万物的底里是有一致的精神流贯其间，宇宙是合理的组织，人生也无非这大系统的一个关节。因此我们也感想到人类也许是最无出息的一类。一茎草有它的妩媚，一块石子也有它的特点，独有人反只是庸生庸死，大多数非但终身不能发挥他们可能的个性，而且遗下或是丑陋或是罪恶一类不洁净的踪迹，这难道也是造物主的本意吗？

我前面说过所有的生命只是个性的表现。只要在有生的期间内，将天赋可能的个性尽量地实现，就是造化旨意的完成。

我这几天在留心我们馆里的月季花，看它们结苞，看它们开放，看它们逐渐地盛开，看它们逐渐地憔悴，逐渐地零落。我初动的感情觉得是可悲，何以美的幻象这样地易灭，但转念却觉得不但不必为花悲，而且感悟了自然生生不已的妙意。花的责任，就在集中它春来所吸受阳光雨露的精神，开成色香两绝的好花，精力完了便自落地成泥，圆满功德，明年再来过。只有不自然地被摧残了，不能实现它自傲色香的一两天，那才是可伤的耗费。

不自然地杀灭了发长的机会，才是可惜，才是违反天意。我们青年人应该时时刻刻地把这个原则放在心里，不能在我生命实现人之所以为人，我对不起自己。在为人的生活里不能实现我之所以为我，我对不起生命；这个原则我们也应该时时放在心里。

我们人类最大的幸福与权利，就是在生活里有相当的自由活动，我们可以自觉地调剂、整理、修饰、训练我们生活的态度，我们既然了解了生活只是个性的表现，只是一种艺术，就应得利用这一点特权将生活看作艺术品，谨慎小心地做去，命运论我们是不相信的，但就是相面算命先生也还承认心有改相致命的力量。环境论的一部分我们不得不承认，但是心灵支配环境的可能，至少也与环境支配生活的可能相等，除非我们自愿让物质的势力整个儿扑灭了心灵的发展，那才是生活里最大的悲惨。

我们的一生不成材不碍事，材是有用的意思；不成器也不碍事，器也是有用的意思。生活却不可不成品，不成格，品格就是个性的外现，是对于生命本体，不是对于其余的标准，例如社会家庭——直接担负的责任；橡树不是榆树，翠鸟不是鸽子，各有各的特异的品格。在造化的观点看来，橡树不是为柜子衣架而生，鸽子也不是为我们爱吃五香鸽子而存，这是它们偶然的用或被利用，物之所以为物的本义是在实现它天赋的品性，实现内部精力所要求的特异的格调。我们生命里所包涵的活力，也不问你在世上做将、做相、做资本家、做劳动者、做国会议员、做大学教授，而只要求一种特异品格的表现，独一的，自成一体的，不可以第二类相比称的，犹之一树上没有两张绝对相同的叶子，我们四万万人里也没有两个相同的鼻子。

而要实现我们真纯的个性，决不是仅仅在外表的行为上务为新奇务为怪僻——这是变性不是个性——真纯的个性是心灵的权力能够统制与调和身体，理智、情感、精神，种种造成人格的机能以后自然流露的状态，在内不受外物的障碍，像分光镜似的灵敏，不论是地下的泥沙，不论是远在万万里外的星辰，只要光路一对准，就能分出他光浪的特性；一次经验便是一次发明，因为是新的结合，新的变化。有了这样的内心生活，发之于外，当然能超于人为的条例而能与更深奥却更实在的自然规律相呼应，当然能实现一种特异的品与格，当然能在这大自然的系统里尽他的特异的贡献，证明他自身的价值。懂了物各尽其性的意义再来观察宇宙的事物，实在没有一件东西不是美的，一叶一花是美的不必说，就是毒性的虫，比如蝎子，比如蚂蚁，都是美的。只有人，造化期望最深的人，却是最辜负的，最使人失望的，因为一般的人，都是自暴自弃，非但不能尽性，而且到底总是糟塌了原来可以为美可以为善的本质。

惭愧呀，人！好好一个可以做好文章的题目，却被你写做一篇一窍不通的滥调；好好一个画题，好好一张帆布，好好的颜色，都被你涂成奇丑不堪的滥画；好好的雕刀与花岗石，却被你斫成荒谬恶劣的怪象！好好的富有灵性的可以超脱物质与普遍的精神共化永生的生命，却被你糟塌亵渎成了一种丑陋庸俗卑鄙龌龊的废物！

生活是艺术。我们的问题就在怎样地运用我们现成的材料，实现我们理想的作品；怎样地可以像密仡郎其罗^①一样，取到了一大块矿山里初开出来的白石，一眼望过去，就看出他想象中的造的像，已经整个地嵌稳着，以后只要下打开石子把它不受损伤地取了出来的功夫就是。所以我们再也不要抱怨环境不好不适宜，阻碍我们自由地发展，或是教育不好不适宜，不能奖励我们自由地发展。发展或是压灭，自由或是奴从，真生命或是苟活，成品或是无格——一切都在我们自己，全看我们在青年时期有否生命的觉悟，能否培养与保持心灵的自由，能否自觉地努力，能否把生活当作艺术，一笔不苟地做去，我所以回返重复地说明真消息、真意义、真教育绝非人口或书本子可以宣传的，只有集中了我们的灵感性直接地一面向生命本体，一面向大自然耐心去研究、体验、审察、省悟，方才可以多少了解生活的趣味与价值与它的神圣。

---

① 今译"米开朗琪罗"。

因为思想与意念，都起于心灵与外象的接触；创造是活动与变化的结果。真纯的思想是一种想象的实在，有它自身的品格与美，是心灵境界的彩虹，是活着的胎儿。但我们同时有智力的活动，感动于内的往往有表现于外的倾向——大画家米莱氏说深刻的印象往往自求外现，而且自然地会寻出最强有力的方法来表现——结果无形的意念便化成有形可见的文字或是有声可闻的语言，但文字语言最高的功用就在能象征我们原来的意志，它的价值也止于凭借符号的外形。暗示它们所代表的当时的意念。而意念自身又无非是我们心灵的照海灯偶然照到实在的海里的一波一浪或一岛一屿，文字语言本身又是不完善的工具，再加之我们运用驾驭力的薄弱，所以文字的表现很难得是勉强可以满足的。

我们随便翻开哪一本书，随便听人讲话，就可以发现各式各样的文字障碍，与语言习惯障碍，所以既然我们自己用语言文字来表现内心的现象已经至多不过勉强的适用，我们如何可以期望满心只是文字障碍与语言习惯障碍的他人，能从呆板的符号里领悟到我们一时神感的意念。佛教所以有禅宗一派，以不言传道，是很可寻味的——达摩面壁十年，就在解脱文字障碍直接明心见道的功夫。现在的所谓教育尤其是离本更远，即使教育的材料最初是有多少活的成分，但经过几度的转换，无意识的传授，只能变成死的训条——约翰·

穆勒说的"Dead dogma"不是"Living idea"，我个人所以根本不信任人为的教育能有多大的价值，对于人生少有影响不用说，就是认为灌输知识的方法，照现有的教育看来，也免不了硬而且蠢的机械性。

但反过来说，既然人生只是表现，而语言文字又是人类进化到现在比较的最适用的工具，我们明知语言文字如同政府与结婚一样是一件不可免的没奈何事，或如尼采说的是"人心的牢狱"，我们还是免不了它。我们只能想法使它增加适用性，不能抛弃了不管。我们只能做两部分的功夫：一方面消极地防止文字障碍语言习惯障碍的影响；一方面积极地体验心灵的活动，极谨慎地极严格地在我们能运用的字类里选出比较的最确切最明了最无疑义的代表。

这就是我们应该应用"自觉的努力"的一个方向。你们知道法国有个大文学家弗洛贝尔，他有一个信仰，以为一个特异的意念只有一个特异的字或字句可以表现，所以他一辈子艰苦卓绝地从事文学的日子，只是在寻求唯一适当的字句来代表唯一相当的意念。他往往不吃饭不睡，呆呆地独自坐着，绞着脑筋地想，想寻出他称心惬意的表现，有时他烦恼极了，甚至想自杀，往往想出了神，几天写不成一句句子。试想像他那样伟大的天才，那样丰富的学识，尚且要下这样的苦工，方才制成不朽的文字，我们看了他的榜样不应该感动吗?

不要说下笔写,就是平常说话,我们也应有相当地用心——一句话可以泄露你心灵的浅薄,一句话可以证明你自觉的努力,一句话可以表示你思想的糊涂,一句话可以留下永久的印象。这不是说说话要漂亮、要流利、要有修辞的功夫,那都是不重要的;最重要的是对内心意念的忠实,与适当的表现。固然有了清明的思想,方能有清明的语言,但表现的忠实,与不苟且运用文学的决心,也就有纠正松懈的思想与警醒心灵的功效。

我们知道说话是表现个性极重要的方法,生活既然是一个整体的艺术,说话当然是这艺术里的重要部分。极高的功夫往往可以从极小的起点做去。我们实现生命的理想,也未始不可从注意说话做起。

讲　演

梁遇春（1906—1932）

　　散文家，师从叶公超等名师。大学期间便开始从事文学活动，创作散文、翻译西方文学作品。其散文风格另辟蹊径，兼有中西方文化特色。在本文中，梁遇春借文中之人的口吻讲述了自己听演讲的经历，以及对演讲的一些看法，非常有趣。

　　"你是来找我同去听讲演吗？"

　　"不错，去不去？"

　　"吓！我不是个'智识欲'极旺的青年，这么大风——就是无风，我也不愿意去的。我想你也不一定是非听不可，尽可在我这儿谈一会儿。我虽然不是什么名人，然而我的嘴却是还在。刚才我正在想着讲演的意义，你来了，我无妨把我所胡思乱想的讲给你听，讲得自然不对，不过我们在这里买点东西吃，喝喝茶，比去在那人丛里钻个空位总好点吧。"

来客看见主人今天这么带劲地谈着，同往常那副冷淡待人的态度大不相同，心中就想在这里解闷也不错，不觉就把皮帽、围巾都解去了。那房主人正忙着叫听差买栗子、花生，泡茶。打发清楚后，他又继续着说：

"近来我很爱胡思乱想，但是越想越不明白一切事情的道理。真合着那位坐在望平街高塔中，做《平等阁笔记》的主笔所谓世界中不只'无奇不有'，实在是'无有不奇'。Carlyle 这老头子在 *Sartor Resartus* 中《自然的超自然主义》（*Natural Supernaturalism*）一章里头，讲自然律本身就是一个不可解的神秘，所以这老头子就觉得对于宇宙中一切物事都糊涂了。我现在也有点觉得什么事情我都不知道。比如你是知道我怕上课的，自然不会爱听讲演。然而你经过好几次失败之后，一点也不失望，还是常来找我去听讲演，这就是一个 Haeckel 的《宇宙之谜》所没有载的一个不可思议的事。哦！现在又要上课了，我想起来真有点害怕。吓！真是一年不如一年了，从前我们最高学府是没有点名的，我们很可以自由地在家里躺在床上，或者坐在炉边念书。自从那位数学教授来当注册部主任以后，我们就非天天上班不行。一个文学士是坐硬板凳坐了三千多个钟头换来的。就是打瞌睡，坐着睡那么久，也不是件容易事了。怕三千多个钟头坐得不够，还要跑去三院大礼堂、师大风雨操场去坐，这真是天下第一奇事了。所以讲演有人去听这事，我抓着头发想了好久，总不明白。若说到'民国讲演史'那是更有趣了。自从杜威先生来华以后，讲演这件事同新思潮同时流行起来。杜先生曾到敝处过，那时我还在中学读书，也曾亲耳听过，亲眼看过。印象现在已模糊了，大概只记得他说一大阵什么自治、砖头、打球……后来我们校长以'君子不重则不威'一句话来发挥杜先生的意思。那时翻译是我们那里一个教会学堂叫作格致小学的英文先生，我们那时一面听讲，一面看那洁白的桌布、校长的新马褂、教育厅长的脸孔、杜先生的衣服……我不知道当时杜先生知道不知道 How we think。跟着罗素来了，恍惚有人说他讲的数理哲学不大好懂。罗素去了，杜里舒又来。中国近来，文化进步得真快，讲演得真热闹，杜里舒博士在中国讲演，有十册演讲录。中间有在法政专门学校讲的细胞构造，在体育师范讲的历史哲学，在某女子中学讲的新心理学……总而言之普照十方，凡我青年，无不蒙庇。所以中国人民近来常识才有这么发达。泰戈尔来京时，我也到真光去听。他的声音是很美妙。可惜我们（至少我个人）都只了解他的音乐，而对于他的意义倒有点模糊了。

"自杜先生来华后，我们国内名人的讲演也不少。我有一个同学他差不多是没有一回没去听的，所以我送他一个'听讲博士'的绰号，他的'智识欲'真同火焰山一样的热烈。他当没有讲演听的时候只好打呵欠，他这样下去，还怕不博学得同歌德、斯特林堡一样。据他说近来很多团体因为学校太迟开课发起好几个讲演会，他自然都去听了。他听有'中国工会问题'，'一个新实在论的人生观'，'中外戏剧的比较'，'中国宪法问题'，'二十世纪初叶的教育'……我问他他们讲的什么，他说我听得太多也记不清了，我家里有一本簿子上面贴有一切在副刊记的讲演辞，你一看就明白了。他怕人家记得不对，每回要亲身去听，又恐怕自己听不清楚，又把人家记的收集来，这种精益求精的精神，是值得我们模仿的，不过我很替他们担心。讲演者费了半月工夫，迟睡早起，茶饭无心，预备好一篇演稿来讲。我们坐洋车赶去听，只恐太迟了，老是催车夫走快，车夫固然是汗流浃背，我们也心如小鹿乱撞。好，到了，又要往人群里东瞧西看，找位子，招呼朋友，忙了一阵，才鸦雀无声地听讲了。听的时候又要把我们所知道的关于工会、宪法、人生观、戏剧、教育的智识整理好来吸收这新意思。讲完了，人又波涛浪涌地挤出来。若使在这当儿，把所听的也挤出来，那就糟糕了。

　　"我总有一种偏见：以为这种 Public-lecture-mania 是一

种 Yankee-disease。他们同我们是很要好的，所以我们不知不觉就染了他们的习惯。他们是一种开会、听讲、说笑话的民族。加拿大文学家 Stepken Leacock 在他的 *My Discovery of England* 里曾说过美国学生把教授的讲演看得非常重要，而英国牛津大学学生就不把 lecture 当作一回事，他又称赞牛津大学学生程度之好。真的我也总怀一种怪意思，因为怕挨骂所以从来不告人，今日无妨同你一讲。请你别告诉人。我想真要得智识，求点学问，不只那东鳞西爪吉光片羽的讲演不济事，就是上堂听讲也无大意思。教授尽可把要讲的印出来，也免得我们天天冒风雪上堂。真真要读书只好在床上、炉旁、烟雾中、酒瓶边，这才能领略出味道来。所以历来真文豪都是爱逃学的。至于 Swift 的厌课程，Gibbon 在自传里骂教授，那又是绅士们所不齿的……"

他讲到这里，人也倦了，就停一下，看桌子上栗子、花生也吃完，茶也冷了。他的朋友就很快地讲："我们学理科的是非上堂不行的。"

"一行只管一行，我原是只讲学文科的。不要离题跑野马，还是谈讲演吧。我前二天看 McDougall 的《群众心理》，他说我们有一种本能叫作'爱群本能'（Gregarious instinct），他说多数人不是为看戏而去戏院，是要去人多的地方而去戏院。干脆一句话，人是爱向人丛里钻的。你看他的话对不对？"

　　他忽然跳起，抓着帽和围巾就走，一面说道："糟！我还有一位朋友，他也要去三院瞧热闹，我跑来这儿谈天，把他在家里倒等得慌了。"

第二章　名人学校演讲

演讲虽然是一种口头语言表达方式，却也是一门深奥的学问。它直接反映演讲者的思想水平和文化素养，同时涉及其知识结构、逻辑思维和修辞技巧等。学校，是人类智慧世代流传的殿堂，作为知识与观念的前沿阵地，学校经常邀请各界名人在开学和毕业典礼或者其他重要时刻发表演讲。因此，名人演讲成为各大学校一道独特的风景线。走进学校的神圣殿堂，聆听名人的励志演讲，犹如与他们进行面对面的交流。在愉悦的阅读过程中，享受一场绝佳的思想盛宴，获得心灵上的激励。

未有天才之前 [①]

鲁　迅（1881—1936）

中国现代伟大的文学家、思想家、革命家，中国现代文学的奠基人。姓周，本名樟寿，后取名树人，字豫才。浙江绍兴人。先在日本学医，后弃医习文。归国后从事教育工作兼进行文学创作。1918 年发表第一篇日记体小说《狂人日记》。先后在北京、厦门等处任教。后定居上海，筹备、领导中国左翼作家联盟。著有《鲁

---

① 本篇最初发表于 1924 年北京师范大学附属中学《校友会刊》第一期。同年 12 月 27 日《京报副刊》第二十一号转载时，前面有一段作者的小引："伏园兄：今天看看正月间在师大附中的演讲，其生命似乎确乎尚在，所以校正寄奉，以备转载。二十二日夜，迅上。"

迅全集》。病逝于上海。本文为 1924 年 1 月 17 日鲁迅在北京师范大学附属中学校友会所作演讲。演讲的主要内容，是针对当时文坛上一些"在口上喊着缺乏天才，却在实际行动中扼杀天才"的怪现象，提出了自己的批判和见解。其演讲至今仍有着很强的警示意义。

　　我自己觉得我的讲话不能使诸君有益或者有趣，因为我实在不知道什么事，但推托拖延得太长久了，所以终于不能不到这里来说几句。

　　我看现在许多人对于文艺界的要求的呼声之中，要求天才的产生也可以算是很盛大的了，这显然可以反证两件事：一是中国现在没有一个天才，二是大家对于现在的艺术的厌薄。天才究竟有没有？也许有着罢，然而我们和别人都没有见。倘使据了见闻，就可以说没有；不但天才，还有使天才得以生长的民众。

　　天才并不是自生自长在深林荒野里的怪物，是由可以使天才生长的民众产生，长育出来的，所以没有这种民众，就没有天才。有一回拿破仑过 Alps 山①，说："我比 Alps 山还要高！"这何等英伟，然而不要忘记他后面跟着许多兵；倘没

————————

　　①　Alps 山，即阿尔卑斯山。

有兵，那只有被山那面的敌人捉住或者赶回，他的举动、言语，都离了英雄的界线，要归入疯子一类了。所以我想，在要求天才的产生之前，应该先要求可以使天才生长的民众。——譬如想有乔木，想看好花，一定要有好土；没有土，便没有花木了；所以土实在较花木还重要。花木非有土不可，正同拿破仑非有好兵不可一样。

然而现在社会上的论调和趋势，一面固然要求天才，一面却要他灭亡，连预备的土也想扫尽。举出几样来说：

其一就是"整理国故"[①]。自从新思潮来到中国以后，其实何尝有力，而一群老头子，还有少年，却已丧魂失魄地来讲国故了，他们说："中国自有许多好东西，都不整理保存，倒去求新，正如放弃祖宗遗产一样不肖。"抬出祖宗来说法，那自然是极威严的，然而我总不信在旧马褂未曾洗净叠好之前，便不能做一件新马褂。就现状而言，做事本来还随各人的自便，老先生要整理国故，当然不妨去埋在南窗下读死书，至于青年，却自有他们的活学问和新艺术，各干各事，也还

---

① "整理国故"，当时胡适所提倡的一种主张。胡适在1919年7月就主张"多研究些问题，少谈些主义"；同年12月他又在《新青年》第七卷第一号《"新思潮"的意义》一文中提出"整理国故"的口号。1923年1月在北京大学《国学季刊》的《发刊宣言》中，他更系统地阐述"整理国故"的主张。本文中所批评的，是当时某些附和胡适的人所发的一些议论。

没有大妨害的，但若拿了这面旗子来号召，那就是要中国永远与世界隔绝了。倘以为大家非此不可，那更是荒谬绝伦！我们和古董商人谈天，他自然总称赞他的古董如何好，然而他决不痛骂画家、农夫、工匠等类，说是忘记了祖宗：他实在比许多国学家聪明得远。

其一是"崇拜创作"。从表面上看来，似乎这和要求天才的步调很相合，其实不然。那精神中，很含有排斥外来思想、异域情调的分子，所以也就是可以使中国和世界潮流隔绝的。许多人对于托尔斯泰、都介涅夫[①]、陀思妥夫斯奇[②]的名字，已经厌听了，然而他们的著作，有什么译到中国来？眼光因在一国里，听谈彼得和约翰[③]就生厌，定须张三李四才行，于是创作家出来了，从实说，好的也离不了刺取点外国作品的技术和神情，文笔或者漂亮，思想往往赶不上翻译品，甚者还要加上些传统思想，使它适合于中国人的老脾气，而读者却已为它所牢笼了，于是眼界便渐渐地狭小，几乎要缩进旧圈套里去。作者和读者互相为因果，排斥异流，抬上国粹，哪里会有天才产生？即使产生了，也是活不下去的。

这样的风气的民众是灰尘，不是泥土，在他这里长不出

---

① 今译"屠格涅夫"。

② 今译"陀思妥耶夫斯基"。

③ 彼得和约翰，欧美人常用的名字，这里泛指外国人。

好花和乔木来！

　　还有一样是恶意的批评。大家的要求批评家的出现，也由来已久了，到目下就出了许多批评家。可惜他们之中很有不少是不平家，不像批评家，作品才到面前，便恨恨地磨墨，立刻写出很高明的结论道："唉，幼稚得很。中国要天才！"到后来，连并非批评家也这样叫喊了，他是听来的。其实即使天才，在生下来的时候的第一声啼哭，也和平常的儿童的一样，绝不会就是一首好诗。因为幼稚，当头加以戕贼，也可以萎死的。我亲见几个作者，都被他们骂得寒噤了。那些作者大约自然不是天才，然而我的希望是便是常人也留着。

　　恶意的批评家在嫩苗的地上驰马，那当然是十分快意的事；然而遭殃的是嫩苗——平常的苗和天才的苗。幼稚对于老成，有如孩子对于老人，绝没有什么耻辱；作品也一样，起初幼稚，不算耻辱的。因为倘不遭了戕贼，它就会生长，成熟，老成；独有老衰和腐败，倒是无药可救的事！我以为幼稚的人，或者老大的人，如有幼稚的心，就说幼稚的话，只为自己要说而说，说出之后，至多到印出之后，自己的事就完了，对于无论打着什么旗子的批评，都可以置之不理的！

　　就是在座的诸君，料来也十之九愿有天才的产生罢，然而情形是这样，不但产生天才难，单是有培养天才的泥土也难。我想，天才大半是天赋的；独有这培养天才的泥土，似乎大家都可以做。做土的功效，比要求天才还切近；否则，纵有成千成百的天才，也因为没有泥土，不能发达，要像一碟子绿豆芽。

做土要扩大了精神，就是收纳新潮，脱离旧套，能够容纳，了解那将来产生的天才；又要不怕做小事业，就是能创作的自然是创作，否则翻译、介绍、欣赏、读、看、消闲都可以。以文艺来消闲，说来似乎有些可笑，但究竟较胜于戕贼他。

泥土和天才比，当然是不足齿数的，然而不是坚苦卓绝者，也怕不容易做；不过事在人为，比空等天赋的天才有把握。这一点，是泥土的伟大的地方，也是反有大希望的地方。而且也有报酬，譬如好花从泥土里出来，看的人固然欣然地赏鉴，泥土也可以欣然地赏鉴，正不必花卉自身，这才心旷神怡的——假如当作泥土也有灵魂的说。

少读中国书，做好事之徒 [①]

鲁 迅

———————

今　本文为 1926 年 10 月 14 日鲁迅在厦门大学周会上所作演讲。他在演讲中呼吁道，青年学生要奋起救国，勇于做改革社会的"好事之徒"，不能在书斋中死读圣贤书。

今　今天我的讲题是："少读中国书，做好事之徒。"我来本校是搞国学院研究工作的，是担任中国文学史讲课的，论理应当劝大家埋头古籍，多读中国的书。但我在北京，就看到有人在主张读经，提倡复古。来这里后，又看到有些人老抱

———————

着《古文观止》不放。这使我想到,与其多读中国书,不如少读中国书好。

尊孔、崇儒、读经、复古可以救中国,这种调子,近来越唱越高了。其实呢,过去凡是主张读经的人,多是别有用心的。他们要人们读经,成为孝子顺民,成为烈女节妇,而自己则可以得意恣志,高高骑在人民头上。他们常常以读经自负,以中国古文化自夸。但是,他们可曾用《论语》感化过制造"五卅"惨案的日本兵,可曾用《易经》咒沉了"三一八"惨案前夕炮轰大沽口的八国联军的战舰?

你们青年学生,多是爱国、想救国的。但今日要救中国,并不在多读中国书,相反地,我以为暂时还是少读为好。少读中国书,不过是文章做得差些,这倒无关大事。多读中国书,则其流弊,至少有以下三点:一、中国书越多读,越使人意志不振作;二、中国书越多读,越想走平稳的路,不肯冒险;三、中国书越多读,越使人思想模糊,分不清是非。正是因为这个缘故,我所以指窗下为活人的坟墓,而劝人们不必多读中国之书。

你们青年学生,多是好学的,好读书是好的,但是不要"读死书",还要灵活运用;不要"死读书",还要关心社会世事;不要"读书死",还要注意身体健康。书有好的,也有不好的;有可以相信的,也有不可以相信的。古人说:"尽信书，则不如无书。"那是从古史实的可靠性说的。我说的有可以相信，有不可以相信，则是从古书的思想性说的。你们暂时可以少读中国古书，如果要读的话，切不要忘记：明辨，批判，弃其糟粕，取其精华。

其次，我要劝你们"做好事之徒"。世人对于好事之徒，往往感到不满，认为"好事"二字，好像有"遇事生风"的意思，其实不然。我以为今日的中国，这种"好事之徒"却不妨多。因为社会一切事物，就是要有好事的人，然后才可以推陈出新，日渐发达。试看科伦布①的探新大陆，南生的探北极，以及各科学家的种种新发明，他们的成绩，哪一件不是从好事得来的？即如本校，本是一片荒芜的地方，建校舍来招收学生，其实也是好事。所以我以为"好事之徒"，实在没有妨碍。

我曾经看到本校的运动场上，常常有人在那里运动；图书馆的中文阅览室，阅报看书的人，也常常满座。这当然是好现象。但西文阅览室中的报纸杂志，看的人却寥寥无几，好像不关重要似的。这就是不知好事，所以才有这种现象。不知西文报纸杂志，虽无重大关系，然于课余偶一翻阅，实在也可以增加许多常识。所以我很希望诸位，对于一切科学，

① 今译"哥伦布"。

都要随时留心。学甲科的人，对于乙科书籍，也可以略加研究，但自然以不妨碍正课为限。一定要这样，才能够略知一切，毕业以后，才可以更好地在社会上做事。

但是，各人的思想境遇不同，我不敢劝人人都做很大的好事者，只是小小的好事，则不妨尝试一下。比如对于凡可遇见的事物，小小匡正，便是。但虽是这种小事，也非平时常常留意，是做不到的。万一不能做到，则我们对于"好事之徒"，应该不可随俗加以笑骂，尤其对于失败的"好事之徒"，更不要加以讥笑轻蔑！

关于知识阶级

鲁　迅

　　这是鲁迅于大革命失败后，1927年10月25日在上海劳动大学作的讲演。什么是知识阶级，世人多有争论。在本文中，鲁迅认为，"真的知识阶级"，"与平民接近，或自身就是平民"，他们"确能替平民抱不平，把平民的苦痛告诉大众"。

　　我到上海二十多天，这回来上海并无什么意义，只是跑来跑去偶然到上海就是了。

　　我没有什么学问和思想，可以贡献给诸君。但这次易先生要我来讲几句话，因为我去年亲见易先生在北京和军阀官僚间怎样奋斗，而且我也参与其间，所以他要我来，我是不得不来的。

我不会讲演，也想不出什么可讲的，讲演近于做八股，是极难的，要有讲演的天才才好，在我是不会的。终于想不出什么，只能随便一谈，刚才谈起中国情形，说到"知识阶级"四字，我想对于知识阶级发表一点个人的意见，只是我并不是站在引导者的地位，要诸君都相信我的话，我自己走路都走不清楚，如何能引导诸君？

"知识阶级"一词是爱罗先珂七八年前讲演"知识阶级及其使命"时提出的，他骂俄国的知识阶级，也骂中国的知识阶级，中国人于是也骂起知识阶级来了；后来便要打倒知识阶级，再厉害一点，甚至于要杀知识阶级了。知识就仿佛是罪恶，但是一方面虽有人骂知识阶级，一方面却又有人以此自豪：这种情形是中国所特有的，所谓俄国的知识阶级，其实与中国的不同，俄国当革命以前，社会上还欢迎知识阶级。为什么要欢迎呢？因为他确能替平民抱不平，把平民的苦痛告诉大众。他为什么能把平民的苦痛说出来？因为他与平民接近，或自身就是平民。几年前有一位中国大学教授，他很奇怪，为什么有人要描写一个车夫的事情，这就因为大学教授一向住在高大的洋房里，不明白平民的生活。欧洲的著作家往往是平民出身（欧洲人虽出身穷苦，而也做文章，这因为他们的文字容易写，中国的文字却不容易写了。），所以也同样地感受到平民的苦痛，当然能痛痛快快写出来为平民说话，因此平民以为知识阶级对于自身是有益的；于是赞成他，到处都欢迎他，但是他们既受此荣誉，地位就增高了，而同时却把平民忘记了，变成一种特别的阶级。那时他们自以为了不得，到阔人家里去宴会，钱也多了，房子东西都要好的，终于与平民远远地离开了。他享受了高贵的生活，就记不起从前一切的贫苦生活了。——所以请诸位不要拍手，拍了手把我的地位一提高，我就要忘记了说话的。他不但不同情于平民或许还要压迫平民，以致变成了平民的敌人，现在贵族阶级不能存在，贵族的知识阶级当然也不能站住了，这是知识阶级的缺点之一。

还有知识阶级不可避免的运命，在革命时代是注重实行的，动的，思想还在其次，直白地说，或者倒有害。至少我个人的意见是如此的。唐朝奸臣李林甫有一次看兵操练很勇敢，就有人对着他称赞。他说："兵好是好，可是无思想。"这话很不差。因为兵之所以勇敢，就在没有思想，要是有了思想，就会没有勇气了。现在倘叫我去当兵，要我去革命，我一定不去，因为明白了利害是非，就难于实行了。有知识的人，讲讲柏拉图讲讲苏格拉底是不会有危险的。讲柏拉图可以讲一年，讲苏格拉底可以讲三年，他很可以安安稳稳地活下去，但要他去干危险的事情，那就很踟蹰。譬如中国人，凡是做文章，总说"有利然而又有弊"。这最足以代表知识阶级的思想。其实无论什么都是有弊的，就是吃饭也是有弊的，它能滋养我们这方面是有利的；但是一方面使我们消化器官疲乏，那就不好而有弊了。假使做事要面面顾到，那就什么事都不能做了。

还有，知识阶级对于别人的行动，往往以为这样也不好，那样也不好。先前俄国皇帝杀革命党，他们反对皇帝，后来革命党杀皇族，他们也起来反对。问他怎么才好呢？他们也没办法。所以在皇帝时代他们吃苦，在革命时代他们也吃苦，这实在是他们本身的缺点。

所以我想，知识阶级能否存在还是个问题。知识和强有力是冲突的，不能并立的，强有力不许人民有自由思想，因为这能使能力分散，在动物界有很显的例，猴子的社会是最专制的，猴王说一声走，猴子都走了。在原始时代，酋长的命令是不能反对的，无怀疑的，在那时酋长带领着群众并吞衰小的部落；于是部落渐渐地大了，团体也大了。一个人就不能支配了。因为各个人思想发达了，各人的思想不一，民族的思想就不能统一，于是命令不行，团体的力量减小，而渐趋灭亡。在古时野蛮民族常侵略文明很发达的民族，在历史上是常见的。现在知识阶级在国内的弊病，正与古时一样。

英国罗素、法国罗曼·罗兰反对欧战，大家以为他们了不起，其实幸而他们的话没有实行，否则，德国早已打进英国和法国了；因为德国如不能同时实行非战，是没有办法的。俄国托尔斯泰的无抵抗主义之所以不能实行，也是这个原因。他不主张以恶报恶的。他的意思是皇帝叫我们去当兵，我们不去当兵。叫警察去捉，他不去；叫刽子手去杀，他不去杀，大家都不听皇帝的命令，他也没有兴趣；那么做皇帝也无聊起来，天下也就太平了。然而如果一部分的人偏听皇帝的话，那就不行。

我从前也很想做皇帝，后来在北京去看到宫殿的房子都是一个刻板的格式，觉得无聊极了，所以我皇帝也不想做了。做人的趣味在和许多朋友有趣地谈天，热烈地讨论。做了皇帝，口出一声，臣民都下跪，只有不绝声的 Yse，Yse，那有什么趣味？但是还有人做皇帝，因为他和外界隔绝，不知外面还有世界！

总之，思想一自由，能力要减少，民族就站不住，他的自身也站不住了！现在思想自由和生存还有冲突，这是知识阶级本身的缺点。

然而知识阶级将怎么样呢？还是在指挥刀下听令行动，还是发表倾向民众的思想呢？要是发表意见，就要想到什么就说什么。真的知识阶级是不顾利害的，如想到种种利害，就是假的、冒充的知识阶级；只是假知识阶级的寿命倒比较长一点。像今天发表这个主张，明天发表那个意见的人，思想似乎天天在进步；只是真的知识阶级的进步，绝不能如此快的。不过他们对于社会永不会满意的，所感受的永远是痛苦，所看到的永远是缺点，他们预备着将来的牺牲，社会也因为有了他们而热闹，不过他的本身——身心方面总是苦痛的；因为这也是旧式社会传下来的遗物。至于诸君，是与旧的不同，是二十世纪初叶的青年，如在劳动大学一方读书，一方做工，这是新的境遇，或许可以造成新的局面，但是环境是老样子，着着逼人堕落，倘不与这老社会奋斗，还是要回到老路上去的。

譬如从前我在学生时代不吸烟，不吃酒，不打牌，没有一点嗜好；后来当了教员，有人发传单说我抽鸦片。我很气，但并不辩明，为要报复他们，前年我在陕西就真的抽一回鸦片，看他们怎样？此次来上海有人在报纸上说我在开书店；又有人说我每年版税有一万多元。但是我也并不辩明，但曾经自己想，与其负空名，倒不如真的去赚这许多进款。

还有一层，最可怕的情形，就是比较新的思想运动起来时，如与社会无关，作为空谈，那是不要紧的，这也是专制时代所以能容知识阶级存在的缘故。因为痛哭流泪与实际是没有关系的，只是思想运动变成实际的社会运动时，那就危险了。往往反为旧势力所扑灭。中国现在也是如此，这现象，革新的人称之为"反动"。我在文艺史上，却找到一个好名词，就是 Renaissance，在意大利文艺复兴的意义，是把古时好的东西复活，将现存的坏的东西压倒，因为那时候思想太专制腐败了，在古时代确实有些比较好的，因此后来得到了社会上的信仰。现在中国顽固派的复古，把孔子礼教都拉出来了，但是他们拉出来的是好的么？如果是不好的，就是反动，倒退，以后恐怕是倒退的时代了。

还有，中国人现在胆子格外小了，这是受了共产党的影响。人一听到俄罗斯，一看见红色，就吓得一跳；一听到新思想，一看到俄国的小说，更其害怕，对于较特别的思想，较新思想尤其丧心发抖，总要仔仔细细地想，这有没有变成共产党思想的可能性？！这样的害怕，一动也不敢动，怎样能够有进步呢？这实在是没有力量的表示，比如我们吃东西，吃就吃，若是左思右想，吃牛肉怕不消化，喝茶时又要怀疑，那就不行了——老年人才是如此，有力量、有自信力的人是不至于此的。虽是西洋文明罢，我们能吸收时，就是西洋文明也变成我们自己的了。好像吃牛肉一样，绝不会吃了牛肉自己也即变成牛肉的，要是如此胆小，那真是衰弱的知识阶级了。不衰弱的知识阶级，尚且对于将来的存在不能确定，而衰弱的知识阶级是必定要灭亡的，从前或许有，将来一定不能存在的。

现在比较安全一点的，还有一条路，是不做时评而做艺术家。要为艺术而艺术。住在"象牙之塔"里，目下自然要比别处平安。就我自己来说罢——有人说我只会讲自己，这是真的。我先前独自住在厦门大学的一所静寂的大洋房里，到了晚上，我总是孤思默想，想到一切，想到世界怎样，人类怎样，我静静地思考时，自己以为很了不得的样子，但是给蚊子一咬，跳了一跳，把世界人类的大问题全然忘了，离不开的还是我本身。

　　就我自己说起来，是早就有人劝我不要发议论，不要做杂感，你还是创作去吧！因为做了创作在世界史上就有名字，做杂感是没有名字的。其实就是我不做杂感，世界史上，还是没有名字的……

　　艺术家住在象牙塔中，固然比较安全，但可惜还是安全不到底。秦始皇、汉武帝想成仙，终于没有成功而死了。危险的临头虽然可怕，但别的命运说不定，"人生必死"的命运却无法逃避，所以危险也仿佛用不着害怕似的。但我并不想劝青年得到危险，也不劝他人去做牺牲。说为社会死了名望好，高巍巍地镌起铜像来。自己活着的人没有劝别人去死的权利，假使你自己以为死是好的，那么请你自己先去死吧。诸君中恐有钱人不多罢。那么，我们穷人唯一的资本就是生命。以生命来投资，为社会做一点事，总得多赚一点利才好；

以生命来做利息小的牺牲，是不值得的。所以我从来不叫人去牺牲，但也不要再爬进象牙之塔和知识阶级里去了，我以为是最稳当的一条路。

至于有一班从外国留学回来，自称知识阶级，以为中国没有他们就要灭亡的，却不在我所论之内，像这样的知识阶级，我还不知道是些什么东西？！

今天说的话很没有伦次，望诸君原谅！

就任北京大学校长之演说

蔡元培（1868—1940）

中国近代资产阶级民主革命家、教育家。字鹤卿，号子民。浙江绍兴人。1902年与章炳麟发起组织中国教育会。创办爱国学社、《警钟日报》。曾任南京临时政府教育总长。倡导国民教育、实利教育、公民道德教育等。任内提出改革学制、男女同校等主张。1917年任北京大学校长。支持李大钊等倡导的新文化运动。五四运动后被迫辞职。抗日战争中，病逝于香港。本文是蔡元培就任北京大学校长时发表的演说。时为1917年1月4日。在演讲中，他简单地回顾了自己与北大的渊源之后，以校长的身份对青年学子提出了三点要求：抱定宗旨、砥砺德行、敬爱师友。这几点要求绝非泛泛而谈，而是直接针对当时的北大和社会的不良风气而提出的。蔡元培就任北大校长期间，提出"兼容并包"，大胆革新学校制度，影响了北大及其无数学子的前途和命运。

　　五年前，严几道先生为本校校长时，余方服务教育部，开学日曾有所贡献于同校。诸君多自预科毕业而来，想必闻知。士别三日，刮目相见，况时阅数载，诸君较昔当必为长足之进步矣。予今长斯校，请更以三事为诸君告。

　　一曰抱定宗旨。诸君来此求学，必有一定宗旨，欲求宗旨之正大与否，必先知大学之性质。今人肄业专门学校，学成任事，此固势所必然。而在大学则不然，大学者，研究高深学问者也。外人每指摘本校之腐败，以求学于此者，皆有做官发财思想，故毕业预科者，多入法科，入文科者甚少，入理科者尤少，盖以法科为干禄之终南捷径也。因做官心热，对于教员，则不问其学问之浅深，唯问其官阶之大小。官阶大者，特别欢迎，盖为将来毕业有人提携也。现在我国精于政法者，多入政界，专任教授者甚少，故聘请教员，不得不聘请兼职之人，亦属不得已之举。究之外人指摘之当否，姑不具论，然弭谤莫如自修，人讥我腐败，而我不腐败，问心无愧，于我何损？果欲达其做官发财之目的，则北京不少专门学校，入法科者尽可肄业法律学堂，入商科者亦可投考商业学校，又何必来此大学？所以诸君须抱定宗旨，为求学而来。入法科者，非为做官；入商科者，非为致富。宗旨既定，自趋正轨，诸君肄业于此，或三年，或四年，时间不为不多，苟能爱惜分阴，孜孜求学，则其造诣，容有底止。若徒志在做官发财，宗旨既乖，趋向自异。平时则放荡冶游，考试则熟读讲义，不问学问之有无，唯争分数之多寡；试验既终，书籍束之高阁，毫不过问，敷衍三四年，潦草塞责，文凭到手，即可借此活动于社会，岂非与求学初衷大相背驰乎？光阴虚度，学问毫无，是自误也。且辛亥之役，吾人之所以革命，因清廷官吏之腐败。即在今日，吾人对于当轴多不满意，亦以其道德沦丧。今诸君苟不于此时植其基，勤其学，则将来万一因生计所迫，出而任事，担任讲席，则必贻误学生；置身政界，则必贻误国家。是误人也。误己误人，又岂本心所愿乎？故宗旨不可以不正大。此余所希望于诸君者一也。

二曰砥砺德行。方今风俗日偷，道德沦丧，北京社会，尤为恶劣，败德毁行之事，触目皆是，非根基深固，鲜不为流俗所染。诸君肄业大学，当能束身自爱。然国家之兴替，视风俗之厚薄。流俗如此，前途何堪设想。故必有卓绝之士，以身作则，力矫颓俗。诸君为大学学生，地位甚高，肩此重任，责无旁贷，故诸君不唯思所以感己，更必有以励人。苟德之不修，学之不讲，同乎流俗，合乎污世，己且为人轻侮，更何足以感人。然诸君终日伏首案前，芸芸攻苦，毫无娱乐之事，必感身体上之苦痛。为诸君计，莫如以正当之娱乐，易不正当之娱乐，庶于道德无亏，而于身体有益。诸君入分科时，曾填写愿书，遵守本校规则，苟中道而违之，岂非与原始之意相反乎？故品行不可以不谨严。此余所希望于诸君者二也。

三曰敬爱师友。教员之教授，职员之任务，皆以图诸君求学便利，诸君能无动于衷乎？自应以诚相待，敬礼有加。至于同学共处一堂，尤应互相亲爱，庶可收切磋之效。不唯开诚布公，更宜道义相劝，盖同处此校，毁誉共之。同学中苟道德有亏，行有不正，为社会所訾詈，己虽规行矩步，亦莫能辩，此所以必互相劝勉也。余在德国，每至店肆购买物品，店主殷勤款待，付价接物，互相称谢，此虽小节，然亦交际所必需，常人如此，况堂堂大学生乎？对于师友之敬爱，此余所希望于诸君者三也。

余到校视事仅数日，校事多未详悉，兹所计划者二事：一曰改良讲义。诸君既研究高深学问，自与中学、高等不同，不唯恃教员讲授，尤赖一己潜修。以后所印讲义，只列纲要，细微末节，以及精旨奥义，或讲师口授，或自行参考，以期学有心得，能裨实用。二曰添购书籍。本校图书馆书籍虽多，新出者甚少，苟不广为购办，必不足供学生之参考。刻拟筹集款项，多购新书，将来典籍满架，自可旁稽博采，无虞缺乏矣。今日所与诸君陈说者只此，以后会晤日长，随时再为商榷可也。

论气节

朱自清（1898—1948）

中国现代文学家。字佩弦。江苏东海县人。曾在清华大学、西南联大任教。著有《朱自清文集》四卷。本文是朱自清于 1947 年 4 月 9 日在清华新诗社分社为庆祝联大新诗社成立三周年纪念会上作的演讲。气节，不仅是一种强大的精神力量，也是一种"行动支柱"。朱自清就是"气节"的代言人之一，他"一身重病，宁可饿死，不领美国的救济粮"的悲壮行为，就是"气节"二字的证明。

气节是我国固有的道德标准，现代还用着这个标准来衡量人们的行为，主要的是所谓读书人或士人的立身处世之道。

但这似乎只在中年一代如此，青年代倒像不大理会这种传统的标准，他们在用着正在建立的新的标准，也可以叫作新的尺度。中年代一般的接受这传统，青年代却不理会它，这种脱节的现象是这种变的时代或动乱时代常有的，因此就引不起什么讨论。直到近年，冯雪峰先生才将这标准这传统作为问题提出，加以分析和批判；这是在他的《乡风与市风》那本杂文集里。

冯先生指出"士节"的两种典型：一是忠臣，一是清高之士。他说后者往往因为脱离了现实，成为"为节而节"的虚无主义者，结果往往会变了节。他却又说"士节"是对人生的一种坚定的态度，是个人意志独立的表现。因此也可以成就接近人民的叛逆者或革命家，但是这种人物的造就或完成，只有在后来的时代，例如我们的时代。冯先生的分析，笔者大体同意；对这个问题笔者近来也常常加以思索，现在写出自己的一些意见，也许可以补充冯先生所没有说到的。

气和节似乎原是两个各自独立的意念《左传》上有"一鼓作气"的话，是说战斗的。后来所谓"士气"就是这个气，也就是"斗志"；这个"士"指的是武士。孟子提倡的"浩然之气"似乎就是这个气的转变与扩充。他说"至大至刚"，说"养勇"，都是带有战斗性的。"浩然之气"是"集义所生"，"义"就是"有理"或"公道"。后来所谓"义气"，意思要狭隘些，可也算是"浩然之气"的分支。现在我们常说的"正义感"，虽然特别强调现实，似乎也还可以算是跟"浩然之气"联系着的。至于文天祥所歌咏的"正气"，更显然跟"浩然之气"一脉相承。不过在笔者看来两者却并不完全相同，文氏似乎在强调那消极的节。

节的意念也在先秦时代就有了，《左传》里有"圣达节，次守节，下失节"的话。古代注重礼乐，乐的精神是"和"，礼的精神是"节"。礼乐是贵族生活的手段，也可以说是目的。他们要定等级，明分际，要有稳固的社会秩序，所以要"节"，但是他们要统治，要上统下，所以也要"和"。礼以"节"为主，可也得跟"和"配合着，乐以"和"为主，可也得跟"节"配合着。节跟和是相反相成的。明白了这个道理，我们可以说所谓"圣达节"等等的"节"，是从礼乐里引申出来成了行为的标准或做人的标准，而这个节其实也就是传统的"中道"。按说"和"也是中道，不同的是"和"重在合，"节"重在分；重在分所以重在不犯不乱，这就带上消极性了。

向来论气节的，大概总从东汉末年的党祸起头。那是所谓处士横议的时代。在野的士人纷纷地批评和攻击宦官们的贪污政治，中心似乎在太学。这些在野的士人虽然没有严密的组织，却已经在联合起来，并且博得了人民的同情。宦官们害怕了，于是乎逮捕拘禁那些领导人。这就是所谓"党锢"或"钩党"，"钩"是"钩连"的意思。从这两个名称上可以见出这是一种群众的力量。那时逃亡的党人，家家愿意收容着，所谓"望门投止"，也可以看出人民的态度，这种党人，大家尊为气节之士。气是敢作敢为，节是有所不为——有所不为也就是不合作。这敢作敢为是以集体的力量为基础的，跟孟子的"浩然之气"与世俗所谓"义气"只注重领导者的个人不一样。后来宋朝，千名大学生请愿罢免奸臣，以及明朝东林党的攻击宦官，都是集体行动，也都是气节的表现。但是这种表现里似乎积极的"气"更重于消极的"节"。

在专制时代的种种社会条件之下，集体的行动是不容易表现的，于是士人的立身处世就偏向了"节"这个标准。在朝的要做忠臣。这种忠节或是表现在冒犯君主尊严的直谏上，有时因此牺牲性命；或是表现在不做新朝的官甚至以身殉国上。忠而至于死，那是忠而又烈了。在野的要做清高之士，这种人表示不愿和在朝的人合作，因而游离于现实之外，或者更逃避到山林之中，那就是隐逸之士了。这两种节，忠节与高节，都是个人的消极的表现。忠节至多造就一些失败的英雄，高节更只能造就一些明哲保身的自了汉，甚至于一些虚无主义者。原来气是动的，可以变化。我们常说志气，志是心之所向，可以在四方，可以在千里，志和气是配合着的。

节却是静的，不变的，所以要"守节"。要不"失节"。有时候节甚至于是死的，死的节跟活的现实脱了榫，于是乎自命清高的人结果变了节，冯雪峰先生论到周作人，就是眼前的例子。从统治阶级的立场看，"忠言逆耳利于行"，忠臣到底是卫护着这个阶级的，而清高之士消纳了叛逆者，也是有利于这个阶级的。所以宋朝人说"饿死事小，失节事大"，原先说的是女人，后来也用来说士人，这正是统治阶级代言人的口气，但是也表示着到了那时代士的个人地位的增高和责任的加重。

"士"或称为"读书人"，是统治阶级最下层的单位，并非"帮闲"。他们的利害跟君相是共同的，在朝固然如此，在野也未尝不如此。固然在野的处士可以不受君臣名分的束缚，可以"不事王侯，高尚其事"，但是他们得吃饭，这饭恐怕还得靠农民耕给他们吃，而这些农民大概是属于他们做官的祖宗的遗产的。"躬耕"往往是一句门面话，就是偶然有个把真正躬耕的如陶渊明，精神上或意识形态上也还是在负着天下兴亡之责的士，陶的《述酒》等诗就是证据。可见处士虽然有时横议，那只是自家人吵嘴闹架，他们生活的基础一般的主要的还是在农民的劳动上，跟君主与在朝的大夫并无两样，而一般的主要的意识形态，彼此也是一致的。

然而士终于变质了，这可以说是到了民国时代才显著。

从清朝末年开设学校，教员和学生渐渐加多，他们渐渐各自形成一个集团；其中有不少的人参加革新运动或革命运动，而大多数也倾向着这两种运动。这已是气重于节了。等到国民成立，理论上人民是主人，事实上是军阀争权。这时代的教员和学生意识着自己的主人身份，游离了统治的军阀；他们是在野，可是由于军阀政治的腐败，却渐渐获得了一种领导的地位。他们虽然还不能和民众打成一片，但是已经在渐渐的接近民众。五四运动划出了一个新时代。自由主义建筑在自由职业和社会分工的基础上。教员是自由职业者，不是官，也不是候补的官。学生也可以选择多元的职业，不是只有做官一路。他们于是从统治阶级独立，不再是"士"或所谓"读书人"，而变成了"知识分子"，集体的就是"知识阶级"。残余的"士"或"读书人"自然也还有，不过只是些残余罢了。这种变质是中国现代化的过程的一段，而中国的知识阶级在这过程中也会尽了并且还在想尽他们的任务，跟这时代世界上别处的知识阶级一样，也分享着他们一般的运命。若用气节的标准来衡量，这些知识分子或这个知识阶级开头是气重于节，到了现在却又似乎是节重于气了。

知识阶级开头凭着集团的力量勇猛直前，打倒种种传统，那时候是敢作敢为一股气。可是这个集团并不大，在中国尤其如此，力量到底有限，而与民众打成一片又不容易，于是碰到集中的武力，甚至加上外来的压力，就抵挡不住。而一方面广大的民众抬头要饭吃，他们也没法满足这些饥饿的民众。他们于是失去了领导的地位，逗留在这夹缝中间，渐渐感觉着不自由，闹了个"四大金刚悬空八只脚"。他们于是只能保守着自己，这也算是节罢；也想缓缓地落下地去，可是气不足，得等着瞧。可是这里的是偏于中年一代。青年代的知识分子却不如此，他们无视传统的"气节"。特别是那种消极的"节"。替代的是"正义感"，接着"正义感"的是"行动"，其实"正义感"是合并了"气"和"节"，"行动"还是"气"。这是他们的新的做人的尺度。等到这个尺度成为标准，知识阶级大概是还要变质的罢？

生活即教育

陶行知（1891—1946）

安徽歙县人，教育家、思想家，中国人民救国会和中国民主同盟的主要领导人之一。曾任南京高等师范学校教务主任，中华教育改进社总干事。先后创办晓庄学校、生活教育社、山海工学团、育才学校和社会大学。提出了"生活即教育""社会即学校""教学做合一"三大主张，生活教育理论是陶行知教育思想的理论核心。本文是陶行知在晓庄学校于1930年1月16日至2月7日举行的全国乡村教师讨论会上的演讲。这次演讲中，他详细区分和解释"生活即教育，社会即学校"与"教育即生活，学校即社会"的概念。他认为，生活教育是生活所原有、生活所自营、生活所必须的教育。

生活是教育的根基与土壤，教育发生在生活中的每时每刻、方方面面。

今天我要讲的是"生活即教育"。中国从前有一个很流行的名词，我们也用得很多而且很熟的，就是"教育即生活"（Education of life）。教育即生活这句话，是从杜威（John Dewey）先生那里来的，我们在过去是常常用它，但是，从来没有问过这里边有什么用意。现在，我把它翻了半个筋斗，改为"生活即教育"。在这里，我们就要问："什么是生活？"有生命的东西，在一个环境里生生不已的就是生活。譬如一粒种子一样，它能在不见不闻的地方而发芽开花。从动的地方看起来，好像晓庄剧社在舞台演戏一样。"生活即教育"这个演讲，从前我已经讲了两套，现在重提我们的老套。

第一套就是：

是生活就是教育，不是生活就不是教育。

是好生活就是好教育，是坏生活就是坏教育。

是认真的生活，就是认真的教育；是马虎的生活，就是马虎的教育。

是合理的生活，就是合理的教育；是不合理的生活，就是不合理的教育。

不是生活，就不是教育。

所谓之生活，未必是生活，就未必是教育。

第二套是第二次讲的时候包括进去的，是按着我们此地的五个目标加进去的，就是：

是康健的生活，就是康健的教育；是不康健的生活，就是不康健的教育。

是劳动的生活，就是劳动的教育；是不劳动的生活，就是不劳动的教育。

是科学的生活，就是科学的教育；是不科学的生活，就是不科学的教育。

是艺术的生活，就是艺术的教育；是不艺术的生活，就是不艺术的教育。

是改造社会的生活，就是改造社会的教育、是不改造社会的生活，就是不改造社会的教育。

近来，我们有一个主张，是每一个机关、每一个人在十九年度里都要有一个计划。这样，在十九年度里，我们所过的生活，就是有计划的生活，也就是有计划的教育。于是，又加了这么一套：是有计划的生活，就是有计划的教育；是没有计划的生活，就是没有计划的教育。

我今天要说的，就是我们此地的教育，是生活教育，是供给人生需要的教育，不是作假的教育。人生需要什么，我们就教什么。人生需要恋爱，我们就得过恋爱生活，也就是受恋爱教育。准此类推，照加上去：是那样的生活，就是那样的教育。

与"生活即教育"有联带关系的就是"学校即社会"。"学校即社会"也就是跟着"教育即生活"而来，现在我也把它翻了半个筋斗，变成"社会即学校"。整个的社会活动，就是我们的教育范围，不消谈什么联络，而它的血脉是自然流通的。不要说"学校社会化"。譬如现在说要某人革命化，就是某人本来不革命；假使某人本来是革命的，还要他"化"什么呢？讲"学校社会化"，也是犯同样的毛病。"社会即学校"，我们的学校就是社会，还要什么"化"呢？现在我还有一个比方：学校即社会，就好像把一只活泼泼的小鸟从天空里捉来关在笼里一样。它要以一个小的学校去把社会上所有的一切东西都吸收进来，所以容易弄假。社会即学校则不然，它是要把笼中的小鸟放到天空中，使它能任意翱翔，是要把学校的一切伸张到大自然界里去。要先能做到"社会即学校"，然后才能讲"学校即社会"；要先能做到"生活即教育"，然后才能讲到"教育即生活"，要这样的学校才是学校，这样的教育才是教育。

杜威先生在美国为什么要主张教育即生活呢？我最近见着他的著作，他从俄国回来，他的主张又变了，已经不是教育即生活了。美国是一个资本主义的国家，他们是零零碎碎的试验，有好多教育家想达到的目的不能达到，想实现的不能实现。然而在俄国已经有人达到了，实现了。假使杜威先生是在晓庄，我想他也必主张"生活即教育"的。

杜威先生是没有到过晓庄来的。克伯屈先生是到过晓庄来的。克伯屈先生离了俄国而来中国，他说："在离莫斯科不远的地方，有一个人名夏弗斯基的，他在那里办了一所学校，主张有许多与晓庄相同的地方。"我见了杜威先生的书，他说现在俄国的教育很受这个地方的影响，很注重这个地方。他们也主张生活即教育，社会即学校。克伯屈先生问我们在文字上通过消息没有？我说没有。我又问他："夏弗斯基这个人是不是共产党？"他说不是。我又问他："他不是共产党，又怎么能在共产党政府之下办教育呢？"他说："因为他是要实现一种教育的理想，要想用教育的力量来解决民生问题，所以俄政府许可他试验，他在俄政府之下也能生存。"我又对他说："这一点倒又和我相合，我在国民党政府之下办教育，而我也不是一个国民党党员。"这是克伯屈先生参观晓庄后与我所谈的话。

现在我们这里的主张，已经终于到了实现的时期了，问题是在怎样实现。这一点，可以分作三个时期：

第一个时期是，生活是生活，教育是教育，两者是分离而没有关系的。

第二个时期是，教育即生活，两者沟通了，而学校社会化的议论也产生了。

第三个时期是，生活即教育，就是社会即学校了。这一期也可以说是开倒车，而且一直开到最古时代去。因为太古的时代，社会就是学校，是无所谓社会自社会、学校自学校的。这一期也就是教育进步到最高度的时期。

其次，要讲生活即教育与社会即学校，有几方面是要开仗的，而且，是不痛快，是很烦恼，而与我们有极大的冲突的。

第一，在这个时期，是各种思潮在中国谋实现的时期，中国几千年来的传统教育所支配的许多传统思想都要在此时期谋取得它的地位。第二，是外来的各种文化，如德国以前是以文化为中心的。这种文化，胡适之先生曾说是一种Jantade man ① 的文化，是充满着绅士气的。第二是英国的。

现在先说中国遗留下来的旧文化与我们的生活即教育是有冲突的。中国从前的旧文化，是上了脚镣手铐的。分析起来，就是天理与人欲，做的事无论怎样，总要以天理为第一要件。

他是以天理为一件事，人欲为一件事。人欲是不对的，

---

① 即 Gentleman，意为绅士，彬彬有礼的人，有教养的人。

是没有地位的。在生活即教育的原则之下，人欲是有地位的，我们不主张以天理来压迫人欲的。

这里，我们还得与戴东原先生的哲学打通一打通：他说，理不是欲外之理，不是高高地挂在天空的；欲并不是很坏的东西，而是要有条有理的。我们这里主张生活即教育，就是要用教育的力量，来达民之情，顺民之意，把天理与人欲打成一片，并且要和戴东原先生的哲学联合起来。与此有联带关系就是"礼教"。现在有许多人唱"礼教吃人"的论调，的确，礼教吃的人，骨可以堆成一个泰山，血可以合成一个鄱阳湖。我们晓得，礼是什么？以前有人说，礼是养生的，那是与生活即教育相通的。这种礼，我们不唯不打倒，并且表示欢迎。假若是害生之礼，那就是要把人加上脚镣手铐，那是与我们有冲突的，我们非打倒不可。因为生活即教育，是要解放人类的。

再次，中国以前有一个很不好的观念，就是看不起小孩子。把小孩子看成小大人，以为大人能做的事小孩也能做，所以五六岁的小孩，就要他读《大学》《中庸》。换句话说，就是小孩子没有地位。我们主张生活即教育，要是儿童的生活才是儿童的教育，要从成人的残酷里把儿童解放出来。

还有一点要补充进去的就是书本教育。从前的书本教育。就是以书本为教育，学生只是读书，教师只是教书。在生活即教育的原则之下，书是有地位的，过什么生活就用什么书，书不过是一种工具罢了。书是不可以死读的，但是不能不用。从前有许多像这样的东西，是非推翻不可的，否则不能实现"生活即教育"。

现在外面传进来的思潮，也有许多与我们是冲突的。以文化做一个例吧，以文化做中心的教育，它的结果是造成洋八股。文化是人类创造出来的，固然是非常的宝贵，但它也不过是一种工具而已，不能拿作我们教育的中心。人为什么要用文化？是要满足我们人生的欲望，满足我们生活的需要。电灯是文化，我们用了它，可以把一切东西看得更明白。无线电是文化，我们用了它，可以更便利。千里镜是文化。我们用了它，可以钻进土星、木星里去。所以文化是生活的工具，它是有它的地位的。我们不但不反对，并且表示欢迎。欢迎它来做什么呢？就是满足我们生活的需要。有些人把它弄错了，认它做一种送人的礼物，这是不对的。文化要以参加做基础，有了这参加的最低限度的基础，才能了解，才能加上去。生活即教育与以文化为中心的教育的不同，就是如此。

还有训育^①与生活即教育的理论怎么样？生活即教育与

① 德国教育学家赫尔巴特把教育工作分为管理、教育和训育三个部分。训育，一般指对学生行为与习惯的训练与控制。

训育把训与教分家的关系怎样？生活即教育与社会即学校如何实现？小学里如何把它实现出来？

且使诸位以为是行得通的，最好是每一个人拟一个方案来交给我，那一部分可以实现。我们就拿那个地方当一个社会实现出来。

现在我举一个例说：去年因为天干，和平学园因为急于要水吃，就开了一个井。井是学校开的，但是献给全村公用，不久我发现了两个大问题：

（一）每天出水二百担，不敷全村之用。于是大家都起早取水，后到的取不到水。明天又比别人早，甚至于一夜到天亮，都有取夜水的。到天亮时，井里的水已将干了。人群聚在井边候水，一勺一勺地取，费尽了气力，才打出一桶水。

（二）大家围着取水，争先恐后，有时甚至用武力解决。

这种现象，假使是学校即社会，就可以用学校的权力来解决，由学校出个命令，叫大家照着执行。社会即学校的办法找不然，他觉得这是与全村人的生活有关系的，要全村的人来设法解决，于是就开了一个村民大会，一共到了六七十个人，共同来做一个吃水问题的教学。到会的人，有老太婆，也有十二三岁的小孩子。公推了一位十几岁的小学生做主席。我和许多师范生，就组织了一个诸葛亮团，插在群众当中，保护这位阿斗皇帝。老太婆说的话顶多，但同时有许多人说话，大家听不清楚，而阿斗帝又对付不下来。这回，诸葛亮用得着了，他就起来指导。结果，共同议决了几件事：

（一）水井每天休息十小时，自下午七时至上午五时不许取水。违者罚洋一元，充修井之用。

（二）每次取水，先到先取，后到后取。违者罚小洋六角，充修井之用。

（三）公推刘君世厚为监察员，负执行处分之责。

（四）公推雷老先生为开井委员长，筹款加开一井，茶馆、豆腐店应多出款，富户劝其多出，于最短期内，由村民团结的力量，将井开成。

这几个议案是由阿斗会议所通过的。这就是社会即学校的办法。由此，我有几个感触：

（一）民众运动，要以对于民众有切身的问题为中心，否则不能召集。

（二）社会运动，非以社会即学校，则不能彻底实行。而社会即学校，是有实现的可能的。

（三）不要以为老太婆、小孩不可训练，只要有法子，只要能从他们切身的问题着手。

（四）公众的力量比学校发生的大，假使由学校发命令解决，则社会上了解的人少，而且感情将由此分离。

（五）阿斗离了诸葛亮是不行的，和平门吃水问题，倘无相当指导，可以再过四五千年还没有解决。

（六）做民众运动是要陪着民众干，不要替民众干。训政工作要想训练中华国民，非此不可。

这就是以小学所在地做学校的一个例，其余的例很多，不必多举。社会即学校要如何地实现，请大家一样一样地做个方案，二次开会的时候再谈。

这是证明"生活即教育"与"社会即学校"是相联的，是一个学理。

关于"生活即教育"要过现代的生活，我现在再来补充一套。我们是现代的人，要过现代的生活，就是要受现代的教育。不要过从前的生活。也不要过未来的生活。若是过从前的生活，就是落伍；若要过未来的生活，就要与人群隔离。以前有一部书叫作《明日之学校》，大家以为很时髦的，讲得很熟的。我希望乡村教师，要办今日之学校，不要办明日之学校。办今日之学校，使小学生过今日之生活，受今日之教育。

每天四问

陶行知
―――――――

本文系陶行知在育才学校三周年纪念晚会上的演讲，演讲记录者方与严说，"每天四问"是我们每天做人做事的警钟，也是一切有血性有志气有正义感的人做人做事的法则，能把我们的人生渡上更高境界的法则！

今天是本校三周年纪念，我有一些意见提出来和大家谈谈，作为先生、同学和工友们的参考。

本校从去年的二周年纪念到今年的三周年纪念，能在这样艰难困苦中支持了一年，几乎是一个奇迹。这一个奇迹，不是一个人的力量所能够做得出来的，而是全体先生、同学、工友共同坚持，共同进步，共同创造；以及社会关心我们的人士的尽力赞助所得来的。

本校在这一年中，好像是我们先生、同学、工友二百人坐在一只船上，放在嘉陵江中漂流，大的漏洞危险虽然没有，但是小的漏洞是出了一些，这些小漏洞也可能变成大漏洞，使我们的船沉没下去的！然而我们的船没有因为这些小漏洞沉没，竟因为我们这些同船的人，一见有小漏洞，即想尽方法用力去堵塞，有时用手去堵，有时用脚去堵，甚至有时用头用全身的力量去堵，终于把这只船上这些小漏洞堵住，而平稳地度过这一年，而达到了目的地，这是一个奇迹，一个共同努力，共同创造的奇迹。

"一切为纪念"，刚才主席说的这一个口号，当然提出的意义是有它的作用的，大家用力对着这一个目的来创造，是很好的。但是我对于这一个口号有点害怕，害怕费钱太多，害怕费力太多，以致筋疲力尽，恐怕得不偿失，所以我主张明年四周年纪念，日积月累，"水到渠成"的成绩。不要再在短期内来多费钱和多费力量，只要到了明年七月一日，开始把平日的成绩装潢一下，便有很丰富的成绩，再不像今年和去年这样忙了。大家也可以很从容很清闲而有余裕地过着四周年纪念。

现在我提出四个问题，叫作"每天四问"：

第一问：我的身体有没有进步？

第二问：我的学问有没有进步？

第三问：我的工作有没有进步？

第四问：我的道德有没有进步？

首先，我们每天应该要问的，是"自己的身体有没有进步？有，进步了多少？"为什么要这样问？因为"健康第一"。没有了身体，一切都完了！不禁使我想到了去年二周纪念前九日邹秉权同学之死！与今年三周年纪念前九日魏国光同学之死！二人之死的日子是恰恰一周年，不过时间上相关八九个钟点罢了。因这两位同学的死，使我联想到，我们必须继续建立"健康堡垒"。要建立健康堡垒，必须注意几点：

（一）"科学的观察与诊断"。……科学是教我们仔细观察与分析，譬如邹秉权、魏国光两同学之死，尤其是魏国光同学这一次的死，不能不说是我们先生、同学的科学的观察力不够。魏国光同学患的是"蛔虫"症候，他在学校寝室内吐过蛔虫，有同房的同学见到没有报告，又没有留心注意到，这就是科学重证据的"敏感"，而成为一种不科学的"钝感"了！而医生又复大意，则在这种钝感之下据之而误断为"盲肠炎"。虽然他腹痛的部分是盲肠炎的部位，但既称为"炎"，就必得发"热"；今既无热，就可以断定不是盲肠炎了。何以需要开刀割治？！其实魏国光同学的病症是蛔虫积结在肠胃内作怪，不能下达，而向上冲吐了出来！如果，把这吐过的蛔虫的证据提出来，医生一定不致遽断为盲肠炎，而开刀，而发炎，而致命！因为魏国光同学之死，我们必须提高"科学的警觉性"。以后遇病，必要拿出科学上铁一般的证据来，才不致有错误的诊断，而损害了身体。否则，都有追踪邹秉权、魏国光同学这死的危险！所以提高科学的警觉性，是保卫生命的起码条件。最重要性还是要用科学的卫生方法，好好地调节自己的身体，不使生病！科学能教我们好好地生活、生存！我们今后应该多提高科学的知能，向着科学努力，努力建立科学的健康堡垒，以保证我们大家的健康和生命。

（二）"饮食的调节与改进"。……我这次去重庆，因事到南岸，会到杨耿光（杰）先生，杨先生是我们这一年来，经济助力最出力的一位热心赞助者。顺便谈到儿童和青年的营养问题，杨先生提到德国对于儿童和青年的营养问题，是无微不至的。德国有一位大学教授，对于自己独生子的营养，说过这样一段话："我为什么有这样好的身体，可以担任这样繁重的事情？就是我的父母把我从小起的营养就调节配备得好，所以建筑得像钢骨水泥做的一样。身体建筑最好的材料是牛肉，所以我决定每天要给我的儿子吃半斤牛肉，一直到二十五岁，就能够把他的身体建筑成为钢骨水泥做成的一样，可以和我一样担任繁重的大事了。"……这种注重新生一代的儿童和青年营养问题的办法，是值得注意的。就是苏联是社会主义的国家，对于儿童和青年的营养问题，也是无微不至的，所以它在一切建设上，在抵抗侵略上，到处都表现着活跃的民族青春的活力。其他许多国家政令中亦多注意到儿童和青年的营养问题。我们在今天提出营养问题来，就是为着现在和将来人人能够出任艰巨。愿此为的，以备改进我们的膳食。为国家民族而珍重着每一个人的身体的健康。

（三）"预防疲劳的休息"。……饱食终日，无所用心，固然不对，但是过分地用功，过分的紧张劳苦工作，也于一个人身体的健康有妨害。妨害着脑力的贫弱，妨害着体力的匮乏，甚至于大病，不但耽误了学习和工作，而且减损及于全生命的期限！所以我在去年早已提出"预防疲劳的休息"问题，今天重新提出，希望大家时时提示警觉，预防疲劳，不致使身体过分疲劳。天天能在兴致勃勃中工作学习，健康必然在愉快中进步了。至于已经有人过分疲劳了，要快快作"恢复疲劳的休息"。适当的休息，是健身的主要秘诀之一，万不可忽略。忽略健康的人，就是等于在与自己的生命开玩笑。

（四）"用卫生教育代替医生"。……卫生的首要在预防疾病。卫生教育做得好，虽不能说可以做到百分之百不生病的效果，但至少是可以减少百分之九十的病痛。其余在预防意料之外而发生的只有百分之十的病痛，可是已经是占着很少成分，足以见出卫生教育效力之大了。以现在学校的经济状况说来，是难以支出两三千块钱来请一个医生。我们的学校是穷学校，中国的村庄是穷村庄。我们学校是二百人，若以五口之家计算，全中国约有一个四十户人家的村庄。若以这个比例来计算，全中国约有一百万个村庄，每村需要请一个医生，便需要有一百万个医生。现在中国的人力和经济力都不允许这样做，不能够这样做，所以我们学校也就决定不这样做，决定不请医生。我们要以决心推进卫生教育的效力来代替医生，以保证健康的胜利。以卫生教育代替医生，在两月前，我已有信来学校，提出十几条具体事实来，希望照行，现在想来，还是不够，需要补充。待补充之后，提交校务会议商决进行。但是今天在此先提出来告诉大家，希望大家多多准备意见，贡献意见。在建立"科学的健康堡垒"上多尽一份力量，便是在卫生教育施行上多一份力量，卫生教育胜利上多一份保证。大家都成为建立"科学的健康堡垒"的主要的成员之一，健将之一，共同来保证"健康第一"的胜利。

第二问："我的学问有没有进步？"

其次，我们每天应该问的，是"自己的学问有没有进步？有，进步了多少？"为什么要这样问？因为"学问是一切前进的活力的源泉"。学问怎样能够进步？重要在有方法研究。现在我想到五个字，可以帮助我们学问易于进步。哪五个字呢？

第一个，是"一"字。"一"是"专一"的"一"。荀子说："好一则博。"这句话是很有精义的。因为有了一个专一问题做中心，从事研究，便可旁搜广引，自然而然地广博起来了。我看世界名人学者对于治学的解释，尚少如此精约的，治学必须"专一"的"一"，这是天经地义的了。"专一"在英文为 Concentration，我们对于一件事情能够专心一意地研究下去，必然能够有一旦豁然贯通之时。所以我希望有能力研究的先生和同学，必须择定一个题目从事研究，即使是一个很小的问题，也可以研究出很深刻很渊博的大道理来。于人于己都可得到切实的益处，而且可能有大的贡献。

第二个，是"集"字。"集"是"搜集"的"集"。"集"照篆体的写法，是这样"𪚥"，好像许多钩钩一样。我们研究学问有了中心题目，便要多多搜集材料。我们便像"集"的篆写一样，用许多钩钩到处去钩，上下古今、左右中外地钩，前前后后、四面八方地钩，钩集在一起来，好细细研究。"集"字在英文为 Collection，我们有了丰富的材料，便可以原原本本地彻头彻尾地来研究它一个明明白白，才能够真正理解这个问题的症结所在，才能够"迎刃而解"，才能够收得"水到渠成"的效力。所以我希望大家对于每一个问题，都必须多多搜集材料，以便精深地精益求精地研究。在研究上发生力量，在研究上加强创造力量，集体创造，共同创造，在创造上建立起我们事业的新生命，树立起我们事业的新生机，稳定我们事业的新基础。

第三个，是"钻"字。"钻"是"钻进去"的"钻"，就是"深入"的意思。钻是要费很大的力量，才能够钻得进去，深入到里面去，看得清清楚楚，取得了最宝贵的宝贝。做学问虽不能像钻东西那么钻，但是能够用最好的方法，也可以很快钻进去。我在 X 国，参观一个金矿，他们开采的机器，是运用大气的压力来发生动力的。我见到他们开采的速度，是比现代所称的"电化"的电力，还不知要增加若干倍咧。我们做学问也是一样，如果我们能够在学术气氛中的大气压力下，发生动力去钻，一定能够深入到里面去，探获学问的根源奥秘与诀窍，而必有很好的收获。"钻"字在英文为 Penetration，所以我希望大家对于一个问题拿定了，便要尽力向里面钻，钻出一大套道理来，使我们学术气氛有着飞跃的进步。

第四个，是"剖"字。"剖"是"解剖"的"剖"，就是"分析"的意思。有些材料钻进去还不够，必须解剖出来看它的真伪，是有用的还是有毒素的？以便取舍，消化运用。"剖"字英文为 Analyzation，所以我希望大家对于每一个问题搜集得来的材料，除了钻进深入之外，必须更加着意做一番解剖的功夫，分析入微，如同在解剖刀下，在显微镜下，看得明明白白，分析得清清楚楚，真的有用的没有毒素的就拿来运用；如果是假的有毒素的就舍去抛掉不用。如此，鉴别材料，慎选材料，自然因应适宜了。

第五个，是"韧"字。"韧"是坚韧，即是鲁迅先生所主张的"韧性战斗"的韧。做学问是一种长期的战斗工作，所以必须有韧性战斗的精神，才能够在长期战斗中，战胜许许多多困难，化除种种障碍，开辟出一条新的道路，走入新的境界。"韧"字在英文中尚难找得一个适当的字来翻译，勉强可以译为 Toughness，所以我希望大家在做学问上，要用韧性战斗的精神，历久不衰地，始终不懈地，坚持下去，终可达到"柳暗花明又一村"的境界。

我想我们每一个人，能把"一""集""钻""剖""韧"五个字做到了，在做学问上一定有豁然贯通之日，于己于人于社会都有贡献。

第三问："我的工作有没有进步？"

再次，我们每天要问，是"自己担任的工作有没有进步？有，进步了多少？"为什么要这样问？因为工作的好坏影响我们的生活学习都是很大的。我对于工作也提出几点意见，以供大家参考。

第一点最要紧的，是要"站岗位"。各人所负的责任不同，各人有各人的岗位，各人应该站在各人自己的岗位上，守牢自己的岗位，在本岗位上努力，把本岗位的职务做得好，这是尽责任的第一步。我最近在想，人人应该有"站岗位"的教育。站牢在自己的工作岗位上，教育自己知责任，明责任，负责任——教育着自己进步。

第二点最要紧的，是要"敏捷正确"。人常说，做事要"敏捷"，这是对的。但我觉得做事只是做到敏捷还不够，敏捷是敏捷了，因敏捷而做错了怎么办？所以敏捷之下必须加上"正确"二字，工作敏捷而正确才有效力。一件工作在别人做起来需要四小时，你只要二小时或三小时就做好了，而且做得很正确，这才算是工作的效力。工作怎样能够做得敏捷正确呢？这就是靠熟练与精细。粗心大意，是最易弄错弄坏事情的。做事要像做算术的演算一样，要演算得快演算得正确。

第三点最要紧的，是要"做好为止"。有些人做事，有起头无煞尾，做东丢西，做西丢东，忙过不了，不是一事无成，就是半途而废。我们做事要按照计划，依限完成，就必须凭毅力坚持，一直到做好为止。

第四问："我的道德有没有进步？"

最后，我们每天要问的，是自己的道德有没有进步？有，进步了多少？为什么要这样问？因为道德是做人的根本。根本一坏，纵然使你有一些学问和本领，也无甚用处。否则，没有道德的人，学问和本领愈大，就能为非作恶愈大，所以我在不久以前，就提出"人格防"来，要我们大家"建筑人格长城"。建筑人格长城的基础，就是道德。现在分"公德"和"私德"两方面来说。

先说"公德"。一个集体能不能稳固，是否可以兴盛起来？就要看每一个集体的组成分子，能不能顾到公德，卫护公德，来衡量它。如果一个集体的组成分子，人人以公德为前提，注意着第一个行动，则这一个集体，必然是日益稳固，日益兴盛起来。否则，多数人只顾个人私利，不顾集体利益，则这个集体的基础必然动摇，并且一定是要衰败下去！要不然，就只有把这些不顾公德的分子清除出这个集体；这个集体才有转向新生机的希望。所以我们在第一个行动上，都要问一问是否妨碍了公德？是否有助于公德？妨碍公德的，没有做的即打定决心不做，已经开始做的，立刻停止不做。若是有助于公德的，大家齐心全力来助他成功。

再说"私德"。私德不讲究的人，每每就是成为妨害公德的人，所以一个人私德更是要紧，私德更是公德的根本，私德最重要的是"廉洁"。一切坏心术坏行为，都由不廉洁而起。所以我在讲"建筑人格长城"的时候，提到了杨震的"四知"，甘地的漏夜"还金"，华盛顿的勇敢承认错误，和冯焕章先生所讲的平老静"还金镯"的故事，这些，都是我们大家私德上的好榜样。我们每一个人都可以效法这些榜样，把自己的私德建立起来，建筑起"人格长城"来。由私德的健全，而扩大公德的效用，来为集体谋利益，则我们的学校必然地到了四周年，是有一种高贵的品德成绩表现出来。

我今天所讲的"每天四问"，提供大家作为进德修业的参考。如果灵活运用地行到做到，明年今日四周年纪念的时候，必然可以见到每一个人身体健康上有着大的进步，学问进修上有着大的进步，工作效能上有着大的进步，道德品格上有着大的进步，显出"水到渠成"的进步，而有着大大的进步。

学习　个性　用自己

田　汉（1898—1968）

剧作家、戏曲作家、电影编剧、小说家、词作家、诗人、文艺批评家、文艺活动家，中国现代戏剧的奠基人。原籍湖南长沙。早年留学日本，20世纪20年代开始戏剧活动，写过多部著名话剧，成功地改编过一些传统戏曲。代表作《义勇军进行曲》《名优之死》《关汉卿》《谢瑶环》等。本文为田汉于1947年1月在上海文化函授学院新年聚餐会上的演讲。诚如作者在文中所讲：我们要随时随地努力学习，发展个性，运用自己，以争取自己的生存与进步，更应为争取社会国家的进步发展而努力。

今天想与各位谈三个问题。

第一，是教育与学习问题。当陶行知先生从重庆返上海后不久，生活教育社所召开的大会中，郭沫若先生与陶先生曾有小小的争论。郭先生认为"教育"两字应改为"学习"。郭先生专研文字学的，"教育"的"教"字在古义中不大开明，"教"字的造型是一个人拿着鞭子打小孩子的头，而中国传统的教育就是这样，小孩子不听话，就用鞭子去打他。这不是教育，而是虐待。且中国一般的教育者往往摆起"教育家"的面孔，而不屑与青年相接近。今日的青年与其仰求于这样的教育，倒不如自己学习。陶先生却认为不必把由来已久的"教育"两字改为"学习"，因为这样牵动得太大，"教育部"将改"学习部"，"生活教育社"将改为"生活学习社"了。可是陶先生完全同意郭先生的看法，而主张把这一种学习的精神实际贯注于新教育中。听到郭、陶两位先生的见解，使我深深地感到今日一般职业界的青年朋友们，多在工作中自觉知识的不够。试以抗战期间的演剧工作队队员为例，其中有许多女演员，参加剧团时正当十七八岁，一下子七八年过去了，年龄到了二十五六岁。在这七八年中，只有表演，而无学习。

尽管她们的演剧或歌唱在人民大众中发生多大的影响，但自觉艺术水准不够，于是脱离工作，到学校里去专门研究，以期扩大对于人民大众的影响。

可是当她们学成以后，她们的艺术理论不能为人民大众所看懂，她们的音乐歌唱不能为人民大众所听懂，于是当初为了想扩大对人民大众的影响，结果反而消失了影响。所以，我的看法是：我们的学习，不能与日常的生活、社会的现实、人民大众的要求相脱离。今日的学校教育，多半是与现实社会相脱离的。所谓学习，不必脱离实际工作，而随时随地在实际的工作中学习，把学习所得应用于工作，并对人民大众尽教育辅导的作用。这样，今日职业青年的苦闷才能解除。但是，单单与社会现实不脱节还是不够，且应有更好的理想，以推动社会的进步。例如在银行中工作的青年，较之在大学中学银行科的学生，更了解与关切中国的现实政治与经济。政治与经济有什么变动，他们知道最快，反应最敏。但是，假如这一种关切与理解只是为了做投机生意，那只是独善其身而已（事实上也不能长久地独善其身）。进步的银行职员，进步的职业青年，应该有更高的理想，利用他们实际的知识与经验，不断地从现实的社会事业中学习怎样做人。例如从美军侮辱我国女性的事件中，学习怎样做一个独立的人，并争取怎样做一个不被侮辱的人。

第二，是个性与群性的问题。有些人说，在新的进步社会中，不需要个性，或者个性是被抹杀的。不问这种说法是恶意或是善意的，都是不正确的。

　　其实，在理想的社会生活中，尤其需要充分发展个性。个性与群性是并不对立的。有时为了社会的进步，自愿地牺牲自己的若干个性，但那只是为了求更大的个性发展。在中国的历史上，开明的帝制时代，对于个性的发展也是不加限制的。当然，也有许多皇帝，利用人民（特别是文人学士与朝廷及封疆大吏）之间因不同个性的发展而形成的彼此间的斗争，加以运用，以遂其操纵玩弄的野心。至于今日的情形，则每况愈下，只要稍有个性，不问其为左为右为前为后，均被看不惯。在学校中，假如学生不愿在思想上被学校当局牵着鼻子走，即要受到压迫。至于职业青年、公务人员无论矣，即使是在一般职业界中，哪里有允许你发展个性的机会？我们最近在报纸上看到台湾有一个天才女孩子，十四岁能写二十万字的小说，更看到武进有一个六岁的天才儿童。即便是一般的儿童，亦由于适当的培养得以充分发展个性，四五岁能弹奏钢琴的，不是奇迹。其次，个性与气节是不可分的。我们要充分发展个性，更应有昂然不屈的气节。例如在今日之下，我们要突破国家的危机，争取和平与民主，就需要拿出个性与气节来，与反正义、反民主势力相斗争，不能丝毫妥协于现实的腐败，是为个性，是为气节。我们应随时随地，通过日常生活，发展个性，坚守气节，以促成理想的社会与政治生活。

第三，是被人用与用自己的问题。许多青年，抱着满怀的热情跑到社会上去，因找不到职业，而失望，而苦闷，甚至自杀。陈白尘近编的剧本《结婚进行曲》中，亦描写到职业青年因找不到职业而苦闷万分。在合理的国家中，毕业班的学生，尚未离开校门，已各就其所长，被预先分配到各职业部门中去了。在中国，一切无计划，学非所用，用非所学，而职业的获得全靠机会与脚路。当然，也有许多青年因受不住其职业圈子中乌气，而离开其职位，而失业的。但是，我们应该知道，能得到一业半职，固是幸事，否则，我们也应自己找工作，自己创造机会。前者是被用于人，后者是用自己。在今日不合理的社会中，青年们要想"用自己"，谈何容易，但也并非是绝无机会。我们可更进一步说，唯其因为现实社会不合理，所以有志的青年更应"用自己"，更应创造自己。例如《上海文化》月刊和上海文化函授学院，即是其主持人辛辛苦苦，经之营之，"用自己"创造出来的，否则，谁会平空地"送"给它这么多读者，谁会平空地"送"给它这么多学员？再如今日欲获得一个教员的职位颇难，但是，现在的学校数量及其设备，绝不足容纳想求学的学龄儿童，我们为什么不能用各种办法，以从事教育工作呢？

这不仅是"用自己"，不仅是替自己创造机会，而且是对社会与人民的最大的贡献。山东的义丐武训，就是我们最好的榜样。所以，只要我们确实有为人类服务的精神，确实有"用自己"以创造机会的精神，即有自用之机会。

陶行知先生有一首《创造歌》，大意谓：天天可是创造时，人人可是创造者，处处可是创造地，只要我们肯努力，不问顺利与困难，都可以创造自己，都可造福社会。只要有这样的精神，即不致失败，不致自杀，盖可自用也。

归纳言之，我们要随时随地努力学习，发展个性，运用自己，以争取自己的生存与进步，更应为争取社会国家的进步发展而努力。

今天是中华民国三十六年新年开始的第一天，一年之计在于春，希望各位有一个好的春天，希望我们的民族也能立刻有一个温暖的春天。

中国皇城建筑之美

林徽因（1904—1955）

中国第一代女建筑学家，诗人，作家。中华人民共和国国徽、人民英雄纪念碑深化方案设计者之一；20 世纪 30 年代初，与丈夫梁思成一起用现代科学方法研究中国古代建筑，成为该学术领域的开拓者；著有《论中国建筑之几个特征》《晋汾古建筑预查纪略》等学术论文。在文学上，著有诗歌、散文、小说、剧本等作品，代表作《你是人间的四月天》《莲灯》《九十九度中》等。本文为林徽因于 1931 年 11 月 19 日在协和小礼堂的演讲，林徽因为外国使者介绍中国建筑艺术。作为中国第一代女建筑学家，"建筑意"一词即为林徽因最早提出，赋予了建筑"诗意""画意"。严肃的建筑在林徽因笔下也异常优美，充满灵气和想象。

女士们，先生们！建筑是全世界的语言，当你踏上一块陌生的国土的时候，也许首先和你对话的，是这块土地上的建筑。它会以一个民族所特有的风格，向你讲述这个民族的历史，讲述这个国家所特有的美的精神，它比写在史书上的形象更真实，更具有文化内涵，带着爱的情感，走进你的心灵。漫长的人类文明历程，多少悲壮的历史情景，梦幻一般远逝，而在自然与社会的时空演变中，建筑文化却顽强地挽住了历史的精神气质和意蕴，它那统一的空间组合、比例尺度、色彩和质感的美的形态，透视出时代、社会、国家和民族的政治、哲学、宗教、伦理、民俗等意识形态的内涵。我们不妨先看北平的宫室建筑。

北平城几乎完全是根据《周礼·考工记》中"匠人营国，方九里，旁三门，国中九经九纬，经途九轨，左祖右社，面朝后市"的规划思想建设起来的。北平城从地图上看，是个整齐的"凸"字形，紫禁城是它的中心。除了城墙的西北角略退进一个小角外，全城布局基本是左右对称的。它自北而南，存在着纵贯全城的中轴线。北起钟鼓楼，过景山，穿神武门直达紫禁城的中心三大殿。然后出午门、天安门、正阳门直至永定门，全长 8000 米。这种全城布局上的整体感和稳定感，引起了西方建筑家和学者的无限赞叹，称之为世界奇观之一。

中国的封建社会，与西方有着明显的不同。中国的封建概念，基本上是中央集权，分层次地完整统一着。在这样的封建社会结构中，它的社会特征必然在文化上反映出来，其一是以"礼"立纲，建立封建统一的秩序，这是文化上的伦理性。其二是以"雄健"为艺术特征，反映出封建大国的风度。试想诸位先生女士站在故宫的午门前，会有什么感受呢？也许是咄咄逼人的崇高吧！从惊惧到惊叹，再到崇高，这是宫殿建筑形象的感受心理。"左祖右社"是对皇宫而言，"左祖"指的是左边的太庙，"右社"指的是右边的社稷坛。"旁三门"是指东、西、北面各两座城门。日坛和月坛分列在城东和城西，南面是天坛，北面是地坛。"九经九纬"是指城内南北向与东西向各有九条主要街道。而南北的主要街道同时能并列九辆车马即"经途九轨"，北京的街道原来是宽的，清末以来逐渐被民房侵占，越来越窄了。所以你可以想象当年马可·波罗到了北平，就跟乡巴佬进城一样吓蒙了，欧洲人哪里见过这么伟大气魄的城市！

吸引了马可·波罗的是中国建筑中所表现出的人和天地自然无比亲近的关系。中国传统的建筑群体，显示了明晰的理性精神，最能反映这一点的，莫过于方、正、组、圆的建筑形态。方，就是刚才我讲过的方九里、旁三门的方形城市，以及方形建筑，方形布局；正，是整齐、有序、中轴、对称；组，是有简单的个体，沿水平方向，铺展出复杂丰富的群体；圆，则代表天体、宇宙、日月星辰，如天坛、地坛、日坛、月坛。不过中国的建筑艺术又始终贯彻着人为万物之灵的人本意识，追求人间现实的生活理想和艺术情趣，正是中国的建筑所创造的"天人合一"，及"我以天地为栋宇"的融合境界，感动了马可·波罗。"面朝后市"也是对皇宫而言，皇宫前面是朝廷的行政机构，所以皇帝面对朝廷。"市"是指商业区，封建社会轻视工商业，因此商业区放在皇宫的后面。现在的王府井大街，是民国以后才繁荣起来的。过去地安门大街、鼓楼大街是北平为贵族服务的最繁华的商业区。前门外的商业区原来是在北平城的西南，元朝的大都建在今天北平城的位置，当然与金旧都有联系。

　　这种左祖右社、面朝后市的棋盘式格局，城市总体构图整齐划一，而中南海、景山、北海这三组自然环境的嵌入，又活跃了城市气氛，增添了城市景观的生动感，这是运用规划美和自然美的结合，取得多样统一，正如古罗马角斗场的墙壁，随着椭圆形平等轨迹，而连续延伸，建筑的圆形体，显得完整而统一，但正面效果上，因为各开间采用券柱式构图，形成了直线与弧线，水平与垂直，虚面与实面的强烈对比，这是运用几何手段，求得建筑美的多样统一。但这种美不是形象的，而是结构的。它的艺术魅力因顿悟而产生，其结果却是伦理的，这也是中国古代文化和艺术中的一个重要特征。

先生们，女士们！今天我们讲了中国的皇城建筑，在下一个讲座里，我要讲的是中国的宗教建筑，在此之前，我想给诸位读一首我的朋友写的诗:《常州天宁寺闻礼忏声》，这首诗所反映的宗教情感与宗教建筑的美是浑然天成的:

> 我听着了天宁寺的礼忏声！
>
> 这是哪里来的神明？人间再没有这样的境界！
>
> 这鼓一声，钟一声，磬一声，木鱼一声，佛号一声……
>
> 乐音在大殿里，迂缓地、漫长地回荡着，无数冲突的波流谐和了，无数相反的色彩净化了，无数现世的高低消灭了……
>
> 这一声佛号，一声钟，一声鼓，一声木鱼，一声磬，谐音盘礴在宇宙间
>
> ——解开一小颗时间的埃尘，收束了无量数世纪的因果;
>
> 这是哪里来的大和谐

——星海里的光彩，大千世界的音籁，真生命的洪流：

　　止息了一切的动，一切的扰攘；

　　在天地的尽头，在金漆的殿橡间，在佛像的眉宇间，在我的衣袖里，在耳鬓边，在感官里，在心灵里，在梦里……

　　在梦里，这一瞥间的显示，青天、白水、绿草，慈母温软的胸怀，是故乡吗？是故乡吗？

　　光明的翅羽，在无极中飞舞！

　　大圆觉底里流出的欢喜，在伟大的、庄严的、寂灭的、无疆的、和谐的静定中

　　实现了！

　　颂美呀，涅槃，赞美呀，涅槃！

一个文学革命家的供状

泰戈尔（1861—1941）

  印度伟大诗人、画家、哲学家和社会活动家，毕生以其全面的艺术天才在文学园地里辛勤耕耘，在诗歌、小说、戏剧和散文等领域取得巨大成就。1913 年，他以《吉檀迦利》成为第一位获得诺贝尔文学奖的亚洲人。本文为 1924 年 4 月 24 日，泰戈尔在济南省立第一师范大礼堂所作演讲，徐志摩陪同翻译。在本文中，泰戈尔解剖了自己的写作生涯和文学成就，对立志从事文学创作的青年朋友很有启发。

  我的朋友们，我们来外邦做客的，只能在当地人自然流露的情感里寻求乡土的安慰，但也只他们的内心有盈余时，做客的方有分润的希冀。有的自身先已穷苦，他们便不能开放他们的心府与家门，款待远来的过客。只有人情富有的国民才能有大量的殷勤。

在一座古旧的森林里，林木终古地滋长，花叶相继地鲜妍，那地下的泥土也跟着益发地膏腴与深厚与丰饶。你们这古旧的文明也富厚了心灵的土质，它的绵延的人道的栽培使从这地土里滋长的一草与一木，都涵有活泼的生机。就为是近人情，就为是有充实的生活，你们的文明才能有这样的寿命。有的文明也曾产生过它们的智慧与理想与艺术的收成，但它们不曾持久，只有一度的荣华，便变成荒芜。但是你们的，无论是土地的深厚，还是培养着这生命的大树，摇曳着和蔼的青荫，结着鲜甜的果实，便是远来的行旅也有仰庇与解渴的快乐。这是使我做客的深深的铭感，我因此也深信你们的文学与其他表现的艺术亦必亲切地感受这一点可贵的人道的精神。因为表现一民族个性最准则的与最高的方式只是社会自身、生活自身，我已经从你们的生活的杯里尝味一种异样的芳酿，饮啜了不朽的人情。为此我们远来的游客在这古文明的旧邦不但没有生疏的感想，竟然寻到了乡土的欢欣。

今天下午我在报上看见一篇文章，说你们的特性只是近人情。我也很相信，我方才知道今晚同座的不少诗人与文学家，都是我同行的劲敌，但是他们不但没有嫉忌的痕迹，并且一致地给我这样诚挚的欢迎。这不是你们富有人情的一个铁证？我并不懂得你们的文学，我没有那样的学问，但是单就我念过少数英译的中国诗选，已经够我醉心。我盼望以后有机会仔细地品评。你们的文学有一种特异的品性，纯粹中国的，我从不曾在第二种文学里得到相类的经验与印象。但是我知道你们都比我懂的多，用不着我来讲你们的文学。我今晚只想把我自己国里文学界的情形约略讲给你们听。方才我听说你们的文学受一种固定的形式的拘束，严格的章法妨碍表现的自由，因此缺乏生命的跳动，我们的文学早年也有同样的情形。但是在我们，古梵文文学的影响只限于知识阶级，在平民文学里并没有多大的势力。我们古代的通俗文学，现在都已遗失了。但是我们相信当初一定有方言的文学，而且曾经给当年的诗人不少的灵感，因为我们在古文学里看得出这平行水流的暗示，文言的与方言的文学同时在先民的心怀里流出。但是因为方言继续的改变，又没有准确的记载，当初方言的文学都只是互相口述的，它们也就跟着时代的转变晦涩与毁灭。同时近代的方言渐渐地发展，在文学里创造了不少永久的体裁与方式。我的朋友沈教授，他曾经研究过印度中古的诗，他可以告诉你们在十三世纪与十七世纪之间我们出了不少有名的玄秘派的诗人。经他的指导我自己也念了他们的名作，我得到很有趣的发现，因为虽则隔着几百年的分别，他们所表现的思想与情感，还只是我们当代人的思想与情感。他们是时新的，满充着真纯的热烈的生命与美的情感。所有真的作品永远是时新的，永远不会褪色与变旧，所以我说我们中古时期的文学只是时新的。

在我们彭加耳的地方当年因为佛熙那梵运动（Vaishnava movement）产生了不少抒情的诗歌。在印度，一般平民的心灵的生活全靠一种深沉的玄秘性或宗教性的情感继续地给他们营养与鼓舞。我们往古圣哲们的使命也就只给他们精神的慰安，他们在社会上因为阶级制度的关系不仅没有体面的地位，而且实际上忍受压迫与凌辱。我们的前辈教导他们人格的自重与灵性的神圣，给他们勇敢与希望，鼓荡他们潜伏的心声。所以那时期出产的诗歌有一种神异的智慧的深厚与方式的美艳。

我自己开始我诗人的生涯时，英国的文学很影响那时的作者。我想这也许是我的幸运，我那时并没有受什么所谓正式的教育，因为在习惯上上等的人家都应该送他们的子弟进学堂进大学受相当的教育。虽则我不能说我自己完全不受当时模仿性的文学的影响，但我自喜我著作的路径并不曾歧误，我的根蒂依旧种植在我们早期文学柔软的泥土里，不是在杂乱的蔓草丛中。我相信我及早逃出学校的牢门与教师的专制是我的幸福，他们杂色的标准因此不曾沾染我清洁的本能。因此我有的是创作的自由，我一任我的恣肆的幻想，博粜文字与思想，制造新体的诗歌，因此我也备受渊博的批评家的非难与聪明人大声的嘲笑。我的知识的固陋与异端的狂妄的结果使我变成了文学界的一个法外的浪人。我初起著作的时候，我的年岁其实是可笑的幼稚，我是那时的著作家里的最年轻的，我没有相当年岁的保障，又没有体面的英国教育的面具。所以我的早年的尝试并没有得到多大的奖掖，我只是在脱离尘世的生活中，享受我的自由。后来我年岁渐渐地大了，我不敢说这有多大的好处。总之在这时期内我渐渐地打出了我的路径，从冷酷的笑骂与偶逢的奖励中渐渐地取得了认识与评价，虽则毁与誉的等分还不过是地面上水与地的比量。

如其你们要知道我为什么在早年便有那样的大胆，我可以说彭加耳抒情的诗歌是给我勇敢的一个泉源，我到如今还忘不了他们的影响，那样规律的自由，那样无忌惮的表现。我记得那些诗歌最初印行的时候，我还只十二岁。我从我的长辈的书桌上私自地偷得了诗本。我明知是不应该的，像我那样年纪不应得那样的放肆。我应得好好地上我的学，缴我的考卷，上正规的方向，避去危险的路径。并且我那时偷着念的诗歌大都是男女恋情的，更不是十多岁的小孩子应得研究的。但是幸而我那时的想象力只爱上了他们的形式与声调的美；所以虽则那些诗歌满充着肉艳的彩色，它们也只是轻风似的吹过我的童心，并没有扰乱我的方寸。

我那时在文学上无赖的生涯还有一个缘由。你们知道我的父亲是一个新宗教运动的领袖，他是根据优婆尼沙昙的教训主张绝对的一神论的。在彭加耳的人看来，他差不多与主张基督教的一样的荒谬，也许更坏些。所以我们与当时的社会绝对地没有交情，不相往来，这又是强迫我做叛徒的一个原由，脱卸我服从过去的负担。

我差不多在髫年^①的时候就感悟自然的美，嫩色的草木、流动的云彩、天空中随季变换的鸟声的风籁，都给我一种亲密的伴侣的感觉。同时我对于人情的感受力也是很深很强，也要求文字的表现，我尤其想用我自己的工具来传达我内在的情绪。真挚的情感自然地要求真纯与正确的表现，但是我那时功夫太浅，不能发明完善的方式，抒写蓬勃的心境。我家里的人多少都是有天分的——有的是美术家，有的是诗人，有的是音乐家——所以我的家庭的空气里只是泛滥着创作的精神。从那时起我在我的国内得了声名，虽则一部分人到如

---

① 髫年，读音是 tiáo nián，指幼童时期，出自晋代陶渊明的《桃花源记》。

今还是很强烈地反对我。有人说我的诗歌不是从我们正宗的炉火里熔冶出来的，有人说我的诗太不可解，也有人说我的诗不够洁净。事实上我在我的国内从不曾有过全盘的承受，这也是一件好事，因为最容易使人堕落的是成功。这是我的文学的生涯的梗概。但是我自己口里的传述是有限的，可惜我再没有别的方法能使你们更亲切地了解我的著作的生平。我盼望你们将来有机会看我彭加利文的原著。我们的文字是不大量的、吝啬的。除非你直接去求教她，假如你单凭译文去认识她，她是不轻易开放她的宝藏给你看的。你得亲自地去温存她，殷勤地去伺候她。诗歌是心灵的表现，它们不比得金银或是别的实体的物质可以随便兑换的。你不能从一个代理人的身上得到你爱人的微笑与妙瞬，不论他是怎样地尽心与尽职。

我自己也曾经想从文字里寻得欧洲各国文学的妙处，我年轻的时候曾经尝试檀德，但不幸我看的是译文。结果是完全的失败，我凭我的良心只得中止我的尝试，所以我的檀德只是一本阖紧的书，我始终没有认识它。

我那时也想学德文，我最初念海涅的译文时便窥见了一瞥的神光。幸而我认识一个传教的德国女士，我就请求她的助力。我用功了好几个月，但是因为我有的是小机灵，那并不是件好事，我就缺乏耐心。我有的是危险的小聪明，什么意义一猜就着，太容易了。我的先生以为我真的已经通达了：其实并没有那会事。但是我居然念完了海涅，念得也很高兴。其次我就尝试歌德，我的野心太大了。我拿起了《浮士德》，凭着我有限的德文知识，也居然念完了。我想我总算进了宫院的大门，但是我恰没有开门的秘钥，没有进内院去瞻览的特权，我只是寻常的游客，只准在客厅内小坐，虽则也很舒服，恰不能使人满意。他的抒情的与此外的诗歌更不是我的分了。所以认真地讲，我并不懂得我的歌德，还有许多伟大的明星也是因为文字的关系我始终不能分润他们的光亮。这正是当然的情形，你如果不经由朝拜的行程你如何到得了神座的跟前，所以你们单看译本是很不容易看到我们的文字的真相。你得自己亲身来对她求爱，得了她的柔情你方才可以见到她的真美，因为她的妙处就在她的容貌与丰采，并不是货物似的存在她的栈里。

你们猜想我是一个诗人，但是你们的证据是很薄弱。你们的信仰是含糊的，所以你们想收集外貌的凭证来加添一些重量。你们因为我有美丽的花白胡须，所以你们就确信我是一个诗人，你们这么说很使我满意。但是我的虚荣心还想要求你们更深刻的认识，那才给我更深刻的满意，我盼望你们能够从我的声音里认识我，我的声音就在我的诗里。我真的期望我的话能够引诱你们来学彭加利文，我盼望坐在我对面笔记的诗人能够发这样一个愿心。我愿意收他做我们的学生，尽我的力量来帮助他。我要请你们来看看：我们在彭加耳所做的事业。我们的文学有很大的前途，我们有的是真的文学，因为这里面有的是生命的真，不仅仅是辞藻。我乘便也想告诉你们我们新近的艺术运动的大概。

我的侄儿是这新艺术运动的领袖，前途也很有希望。我同来的朋友鲍司，他也是一个大美术家，如其他愿意对你们讲，他可以使你们知道这运动逐渐发展的情形，与他内在的生命。

至于音乐，我自己也算是一个音乐家。我曾经制作不少的诗歌，完全不顾正宗派音乐的原则，因此很多人都怪嫌我的莽撞，因为我所以大胆的缘故只因为不曾受过正式的训练。但是我还是继续我的工作，上帝容恕我因为我自己不知道我做的是什么。也许在艺术里工作这是最好的方法。因为我发现责备我的人他们自己先就唱我的歌。他们并不愿意喜欢我的歌，他们相信他们并不喜欢我的歌，但是他们还是免不了唱我的歌，虽则不一定唱得对。你们不要以为我的虚荣心大。因为我是虚心的所以我能够客观地评判我自己，能够堂皇地称赞我自己的作品。因为我是谦让的，所以我不迟疑地告诉你们，我的诗歌在我的国民的心里已经取得了永久的地位，像春天的鲜花们永远有它们的生命。而且不仅当代的，就是将来的人们，在他们欢欣或是忧伤或是逢到喜庆的日子，我的歌调就会不期然地在他们的心里流出，他们忘不了我的声音，这也算是一个革命家的成就。

（徐志摩 译）

清华讲演

泰戈尔

　　本文是泰戈尔 1924 年访华期间，于 5 月 1 日在清华大学所做的演讲，徐志摩陪同翻译。徐志摩曾这样评价泰戈尔访华："他这次来华，不为游历，不为政治，更不为私人的利益，他熬着高年，冒着病体，抛弃自身的事业，备尝行旅的辛苦，他究竟为的是什么？他为的只是一点看不见的情感。说远一点，他的使命是在修补中国与印度两民族间中断千余年的桥梁。说近一点，他只想感召我们青年真挚的同情。因为他是信仰生命的，他是尊崇青年的，他是歌颂青春与清晨的，他永远指点着前途的光明。"

我的青年的朋友，我眼看着你们年轻的面目，闪亮着聪明与诚恳的志趣，但我们的中间是隔着年岁的距离。我已经到了黄昏的海边，你们远远站在那日出的家乡。

　　我的心伸展到你们的心，你们有我的祝福。我羡慕你们。我做小孩的时候，那时仿佛是东方不曾露白，宇宙暗森森的，我们不曾充分地明白我们是已经出世在一个伟大的时期里。

　　那时期的意义与消息已经显露在今朝。

　　我相信现在世界上有的是人们，他们已经听着这时期的感召。

　　你们正可以自负，同时也应得知道你们的责任，如今你们生长在人类历史上最伟大的一个时期里。我们从我们的苦恼与痛楚的火焰里隐隐地辨认出这时代的伟大，这苦痛是普遍的，我们还不十分知道前途是何等的光景。

　　保持着生命的全部的那颗种子，并不知道它包涵着的完全的真理，就在那茎箨豁裂的俄顷我们也不能断定这里面的生命将会滋长成什么方式，更无从知道它将来结成的是什么果实。

　　现在时代的茎箨已经豁裂了。这是全在你们，在你们各个青年的身上，给这个新生的生命需要的发长的动力。

　　在人类的历史里，创作的力量虽则是不甚分明，但这是人类的特权给它活动的方向，参与他们自己运命的发展。

什么是这时期里最伟大的事实？那就是我们的门户已经开豁，一个广博的未来的使者已经来到，他已经敲打我们的大门，我们门上的阻拦都已经让路。

人类的种族都已经从他的篱藩内出现。他们已经聚在一处。他们再不在他们隐秘的居处藏匿。

我们从前只是在我们自己邦家的店铺里单独地经营我们各个的生活。我们不知道在我们墙垣的外面发生的事故。我们没有智慧也没有机会去调和世界的趋向与我们自身的发展。

我们已经出来。我们不在墙圈里躲着。我们现在应得在全世界的面前辩护我们的价值，不仅在我们容宠的家人前卖弄能耐。我们必得明证我们存在的理由。我们必得从我们各家独有的文明里展览普遍的公认的成分。

现在我是在中国。我问你们，我也问我自己，你们有的是什么，有什么东西你们可以从家里拿出来算是你们给这新时期的敬意。你们必得回答这个问题。

你明白你自己的心吗？你知道你自己的文化吗？你们史乘①里最完善最永久的是什么？你们必得知道，如其你们想要自免于最大的侮辱，遭受蔑视，遭受弃却的侮辱。拿出你们的光亮来，加入这伟大的灯会，你们要来参与这世界文化的

① 史乘，汉语词汇，意思是正史，在史书上是有记载的。

展览。

我听得有人说，你们自己也有人说：你们是实利主义的与唯物主义的，你们不让你们的梦翅飞入天空去寻求辽远的天堂或是未来的生命。

如其这是实在的，我们正应得接受这个事实，更不必申辩，我们正应得认定这是你们特有的天赋，你们正可以从这里面设法你们的贡献。但是我却不能相信你们是纯粹唯物主义的。我不能相信在地面上任何的民族同时可以伟大而是物质主义的。我有我的信条，也许你们愿意叫作迷信，我以为凡是亚洲的民族决不会完全受物质主义的支配。在我们天空的蓝穹里，在太阳的金辉中，在星光下的广漠里，在季候的新陈代谢里，每季来时都带给我们各样的花篮，这种种自然的现象都涵有不可理解的消息，使我们体会到生存的内蕴的妙乐，我不能相信你们的灵魂是天生的聋瞽。

唯物主义的倾向是独占的，所以偏重物质的人们往往不让步他们私人独享的利权，攒聚与占有的惯习。你们中国人不是个人主义的。你们社会本身的基础就在你们共有不私有的本性。你们不是那唯物主义的利己心产物，不是无限制的争竞的混淆，你们不是不承认人们相互的关系与义务。

在此地我看出你们不曾沾染现代普遍的恶病，那无意识的拥积与倍蓰财富的癫狂，你们不曾纵容那所谓"万万翁"

一类离奇的生物的滋长。

我也听说，不与旁人一般见识，你们并不看重军国主义的暴力。这又是你们不是唯物主义者的证据。固然你们是异常地沾恋这个现实的世界，你们也爱你们的土地与实体的事物，但你们的占有性并不是无限度的，你们不把你们的产业包围在独占的高墙里面。

你们是好施与的，你们充裕时亲族都沾恩惠，你们是重人情的，你们亦不过分的营利。这又是你们不是唯物主义的一个凭证。

我这一路旅行我看见你们的人民怎样地勤力培植地利，怎样地勤力经营他们的产品，你们日常的用品也都是你们精心勤力的结果，处处都看出你们爱美好的本性与美术的天才。这又是你们不是唯物主义者的一个凭证。你们如其只是贪图物利，你们就不会有那样可爱的作品。

如其贪心是你们的主要的动机，如其你们只顾得事实的实利，那时你们周遭的美秀与雅致就没有机会存在。

贪心的成绩你们不曾见过吗？上海、天津、纽约、伦敦、加尔各答、新加坡、香港——这类奇丑的鬼怪世界上到处都是，都是巨大的丑怪。只要他们的手一碰着，有生命的就变死，柔润的就变僵，上帝的慈恩变成了魔鬼的播弄。

你们的北京没有那样凄惨的现象，这个古旧的城子是人类集合的一个极美的表现，在此地平常的店铺都有他们简单的装潢。

你们爱你们的生活。单这爱就使你们的生活美好。不是贪心与实利；他们只能产生做买卖的公事房，不是人住的家。公事房是永远不会得美的。

能爱实体的事物却不过分的沾恋，而且能给他们一种优美的意致，这是一桩伟大的服务。

上天的意思是要我们把这个世界化作我们自己的家，不是要我们存在这世界里像是住店似的。我们只能从一种服务里把这世界化成我们自己的家，那服务就在给他我们真心的爱，又从这爱里使他加美。

从你们自己的经验里你们就可以看出美的人情的恳切的事物与机械性的干净与单调的实用间的分别。

粗拙的实用是美的死仇。

在现在的世界里我们到处只见巨量的物品的出产，巨大的工商业组织，巨大的帝国政治，阻碍着生活的大道。

人类的文明是正等着一个伟大的圆满，等着它的灵魂的纯美的表现。这是你们的责任，你们应得在这个方向里尽你们的贡献。

你们使事物美好的成绩是什么？我是从远道来的，我不懂得你们的一切，在理岂不是你们各样的事物，单只单纯的事物，就够我的为难不是？但是因为你们能使事物化美，所以就在你们的事物里我也看出一种款待的殷勤。我认识他们像是我自己的东西，因为我的灵魂是爱美的。

为着物品的堆积在别的国里的生活差不多变成了古埃及帝王墓窟里的光景。那些物品暗森森地喊着"躲开去"。

但是我在你们国内在日常用品里都能体会出意味的时候，我只听着它们好意的呼唤，它们说"你来收受我们"，它们不嚷着要我"躲开去"。

你们难道愿意忘却你们这样重要的责任，甘让这美化一切事物的天才枉费，忍心压灭这可贵的本能，反而纵容丑化恶化的狂澜泛滥你们的室家吗？

污损的工程已经在你们的市场里占住了地位，污损的精神已经闯入你们的心灵，取得你们的钦慕。假使你们竟然收受了这个闯入的外客，假使你们竟然得意了，假使因此在几十年间你们竟然消灭了你们这个伟大的天赋。那时候剩下来的还有什么？那时候你们拿什么来尽你们对人道的贡献，报答你们在地面上生存的特权？

但是你们的性情不是能使你们永远维持丑恶的。我愿意，我信你们没有那样的性情。

你们也许说"我们要进步"。你们在已往的历史上有的是惊人的"进步"，你们有你们的大发明，其余的民族都得向你们借，从你们抄袭，你们并不曾怠惰过，并不是不向前走，但是你们从没有让物质的进步，让非必要的事物，阻碍你们的生活。

为什么在进步与圆满间有那样的阻隔？假如你们能把你们美化的天赋关联住那阻隔，那就是你们对人道的一桩大服务。

你们的使命是在于给人家看，使人家信服，爱这地土与爱这地土所生产的物品不必是唯物主义，是爱不是贪，爱是宽容的，贪是乖戾的，爱是有限度的，贪是忘本分的。这一贪就好比拿一根绳子把我们缚住在事物上。贪的人就好比如被那条无餍的粗绳绑住在他的财产上。你们没有那样的束缚，单看你们那样不厌不倦地把一切事物做成美满就知道你们的精神是自由的，不是被贪欲的重量压住。

你们懂得那个秘密，那事物内在的音节的秘密，不是那科学发明的力的秘密，你们的是表现的秘密。这是一个伟大的事实，因为只有上帝知道那个秘密。

你们看见在天然的事物里都有那表现的灵异，看园里的花，看天上的星，看地上的草叶子。你不能在实验室里分析那个美，你放不到你的口袋里去，那美的表现是不可捉摸的。

你们是多么的幸运！你们有的是那可贵的本能。那是不容易教给他人的，但是你们可以准许我们来共享你们的幸运。

凡是有圆满的品性的事物都是人类共有的。是美的东西就不能让人独占，不能让轻易地堵住。那是亵慢的行为。如其你们曾经利用你们美的本能，收拾这地面，制造一切的事物，这就是款待远客的恩情，我来即使是一个生客，也能在美的心窝里寻得我的乡土与安慰。

我是倦了，我年纪也大了。我也许再不能会见你们了，这也许是我们最后的一次集会。

因此我竭我的至诚，恳求你们不要走错路，不要惶惑，不要忘记你们的天职，千万不要理会那恶俗的力量的引诱，诞妄的巨体的叫唤，拥积的时尚与无意识，无目的的营利的诱惑。

保持那凡事必求美满的理想，你们一切的工作，一切的行动都应得折中于那唯一的标准。

如此你们虽则眷爱地上实体的事物，你们的精神还是无伤的，你们的使命是在拿天堂来给人间，拿灵魂来给一切的事物。

第三章　名人社会演讲

演讲具有强大的社会推动作用，无论是对演讲者本人，还是台下的听众，在演讲这项活动中均能得到教导，受到启发。阅读这些内容丰富的大师的演讲代表作，读之荡气回肠，令人拍案叫绝；思之感慨万千，令人振奋不已。我们不仅可以从中汲取大量的政治、哲学、历史、文化等广博知识，而且还可领略到一种精神的洗礼。

为学与做人

梁启超（1873—1929）

"戊戌变法"领袖，清华国学院四大导师之一。中国近代史上著名的政治活动家、启蒙思想家、宣传家、教育家、史学家和文学家，是近现代历史上一位百科全书式人物。本文为梁启超于 1922 年 12 月 27 日在苏州学生联合会讲演稿。求学的目的是什么，是所有学子要面临和解决的问题。而在近百年前，梁启超就已经给出了十分深刻的答案。百年前的中国，正处在除旧革新的转型期。梁启超的观点融合中西，格局广大，切中时弊。时至今日，他的观点依然发人深省。

诸君，我在南京讲学将近三个月了。这边苏州学界里头，有好几回写信邀我；可惜我在南京是天天有功课的，不能分身前来。今天到这里，能够和全城各校诸君聚在一堂，令我感激得很。但有一件，还要请诸君原谅，因为我一个月以来，都带着些病，勉强支持，今天不能作很长的讲演，恐怕有负诸君期望哩。

　　问诸君"为什么进学校"，我想人人都会众口一辞地答道："为的是求学问。"再问"你为什么要求学问？""你想学些什么？"恐怕各人的答案就很不相同，或者竟自答不出来了。诸君啊，我请替你们总答一句吧："为的是学做人！"你在学校里头学的什么数学、几何、物理、化学、生理、心理、历史、地理、国文、英语，乃至什么哲学、文学、科学、政治、法律、经济、教育、农业、工业、商业等等，不过是做人所需要的一种手段，不能说专靠这些便达到做人的目的。任凭你把这些件件学得精通，你能够成个人不能成个人还是个问题。

　　人类心理，有知、情、意三部分。这三部分圆满发达的状态，我们先哲名之为"三达德"——智、仁、勇。为什么叫作"达德"呢？因为这三件事是人类普通道德的标准。总要三件具备才能成一个人。三件的完成状态怎么样呢？孔子说："知者不惑，仁者不忧，勇者不惧。"所以教育应分为知育、情育、意育三方面。——现在讲的智育、德育、体育，不对。德育范围太笼统，体育范围太狭隘。——知育要教到人不惑，情育要教到人不忧，意育要教到人不惧。教育家教学生，应该以这三件为究竟；我们自动地自己教育自己，也应该以这三件为究竟。

怎么样才能不惑呢？最要紧是养成我们的判断力。想要养成判断力，第一步，最少须有相当的常识。进一步，对于自己要做的事须有专门智识。再进一步，还要有遇事能断的智慧。假如一个人连常识都没有，听见打雷，说是雷公发威；看见月食，说是虾蟆贪嘴。那么，一定闹到什么事都没有主意，碰着一点疑难问题，就靠求神问卜看相算命去解决。真所谓"大惑不解"，成了最可怜的人了。学校里小学中学所教，就是要人有了许多基本的常识，免得凡事都暗中摸索。但仅仅有这点常识还不够。我们做人，总要各有一件专门职业。这门职业，也并不是我一人破天荒去做，从前已经许多人做过。他们积了无数经验，发现出好些原理原则，这就是专门学识。我打算做这项职业，就应该有这项专门学识。例如我想做农吗？怎样地改良土壤，怎样地改良种子，怎样地防御水旱病虫等等，都是前人经验有得成为学识的。我们有了这种学识，应用它来处置这些事，自然会不惑；反是则惑了。做工做商等等都各各有它的专门学识，也是如此。我想做财政家吗？何种租税可以生出何样结果，何种公债可以生出何样结果等等，都是前人经验有的成为学识的。我们有了这种学识，应用它来处置这些事，自然会不惑；反是则惑了。教育家、军事家等等都各各有他的专门学识，也是如此。我们在高等以上学校所求的智识，就是这一类。但专靠这种常识和学识就够吗？还不能。宇宙和人生是活的不是呆的，我们每日所碰见的事理是复杂的变化的不是单纯的刻板的。倘若我们只是学过这一件才懂这一件，那么，碰着一件没有学过的事来到跟前，便手忙脚乱了。所以还要养成总体的智慧才能得有根本的判断力。这种总体的智慧如何才能养成呢？第一件，要把我们向来粗浮的脑筋，着实磨练它，叫它变成细密而且踏实。那么，无论遇着如何繁难的事，我都可以彻头彻尾想清楚它的条理，自然不至于惑了。第二件，要把我们向来浑浊的脑筋，着实将养它，叫它变成清明。那么，一件事理到跟前，我才能很从容很莹澈地去判断它，自然不至于惑了。以上所说常识学识和总体的智慧，都是智育的要件。目的是教人做到知者不惑。

怎么样才能不忧呢？为什么仁者便会不忧呢？想明白这个道理，先要知道中国先哲的人生观是怎么样。"仁"之一字，儒家人生观的全体大用都包在里头。"仁"到底是什么？很难用言语说明。勉强下个解释，可以说是"普遍人格之实现"。孔子说："仁者人也。"意思说是人格完成就叫作"仁"。但我们要知道：人格不是单独一个人可以表现的，要从人和人的关系上看出来。所以"仁"字从"二人"，郑康成解它作"相人偶"。总而言之，要彼我交感互发，成为一体，然后我的人格才能实现。所以我们若不讲人格主义，那便无话可说。讲到这个主义，当然归宿到普遍人格。换句话说：宇宙即是人生，人生即是宇宙，我的人格，和宇宙无二无别。体验得这个道理，就叫作"仁者"。然则这种仁者为什么就会不忧呢？大凡忧之所从来，不外两端，一曰忧成败，二曰忧得失。我们得着"仁"的人生观，就不会忧成败。为什么呢？因为我们知道宇宙和人生是永远不会圆满的，所以《易经》六十四卦，始"乾"而终"未济"。正为在这永远不圆满的宇宙中，才永远容得我们创造进化。我们所做的事，不过在宇宙进化几万万里的长途中，往前挪一寸两寸，哪里配说成功呢？然则不做怎么样呢？不做便连这一寸两寸都不往前挪，那可真真失败了。"仁者"看透这种道理，信得过只有不做事才算失败，肯做事便不会失败。所以《易经》说："君子以自强不息。"换一方面来看，他们又信得过凡事不会成功的，几万万里路挪了一两寸，算成功吗？所以《论语》说："知其不可而为之。"你想，有这种人生观的人，还有什么成败可忧呢？再者，我们得着"仁"的人生观，便不会忧得失。为什么呢？因为认定这件东西是我的，才有得失之可言。连人格都不是单独存在，不能明确地划出这一部分是我的，那一部分是人家的。然则哪里有东西、可以为我所得？既已没有东西为我所得，当然也没有东西为我所失。我只是为学问而学问，为劳动而劳动，并不是拿学问、劳动等等做手段来达某种目的——可以为我们"所得"的。所以老子说："生而不有，为而不恃"；"既以为人己愈有，既以与人己愈多"。你想，有这种人生观的人，还有什么得失可忧呢？总而言之，有了这种人生观，自然会觉得"天地与我并生，而万物与我为一"，自然会"无入而不自得"。他的生活，纯然是趣味化、艺术化。这是最高的情感教育，目的教人做到仁者不忧。

怎么样才能不惧呢？有了不惑不忧功夫，惧当然会减少许多了。但这是属于意志方面的事。一个人若是意志力薄弱，便有很丰富的智识，临时也会用不着，便有很优美的情操，临时也会变了卦。然则意志怎么才会坚强呢？头一件须要心地光明。孟子说："浩然之气，至大至刚。行有不慊于心，则馁矣。"又说："自反而不缩，虽褐宽博，吾不惴焉；自反而缩，虽千万人，吾往矣。"俗语说得好："生平不做亏心事，夜半敲门也不惊。"一个人要保持勇气，须要从一切行为可以公开做起，这是第一着。第二件要不为劣等欲望之所牵制。《论语》记："子曰：吾未见刚者。或对曰：申枨。子曰：枨也欲，焉得刚？"一被物质上无聊的嗜欲东拉西扯，那么，百炼刚也会变为绕指柔了。总之一个人的意志，由刚强变为薄弱极易，由薄弱返到刚强极难。一个人有了意志薄弱的毛病，这个人可就完了。自己做不起自己的主，还有什么事可做？受别人压制，做别人奴隶，自己只要肯奋斗，终须能恢复自由。自己的意志做了自己情欲的奴隶，那么，真是万劫沉沦，永无恢复自由的余地，终生畏首畏尾，成了个可怜人了。孔子说："和而不流，强哉矫；中立而不倚，强哉矫；国有道，不变塞焉，强哉矫；国无道，至死不变，强哉矫。"我老实告诉诸君说吧，做人不做到如此，决不会成一个人。但做到如此真是不容易，非时时刻刻做磨练意志的功夫不可。意志磨练得到家，自然是看着自己应做的事，一点不迟疑，扛起来便做，"虽千万人吾往矣"。这样才算顶天立地做一世人，绝不会有藏头躲尾左支右绌的丑态。这便是意育的目的，要教人做到勇者不惧。

　　我们拿这三件事作做人的标准。请诸君想想，我自己现时做到哪一件——哪一件稍为有一点把握。倘若连一件都不能做到，连一点把握都没有，哎哟，那可真危险了！你将来做人恐怕就做不成。讲到学校里的教育吗？第二层的情育、第三层的意育，可以说完全没有，剩下的只有第一层的知育。就算知育罢，又只有所谓常识和学识，至于我所讲的总体智慧靠来养成根本判断力的，却是一点儿也没有。这种"贩卖智识杂货店"的教育，把他前途想下去，真令人不寒而栗！现在这种教育，一时又改革不来，我们可爱的青年，除了它更没有可以受教育的地方。诸君啊！你到底还要做人不要？你要知道危险呀！非你自己抖擞精神想方法自救，没有人能救你呀！

诸君啊！你千万别要以为得些断片的智识，就算是有学问呀。我老实不客气告诉你吧，你如果做成一个人，智识自然是越多越好；你如果做不成一个人，智识却是越多越坏。你不信吗？试想想全国人所唾骂的卖国贼某人某人，是有智识的呀，还是没有智识的呢？试想想全国人所痛恨的官僚政客——专门助军阀作恶、鱼肉良民的人，是有智识的呀，还是没有智识的呢？诸君须知道啊：这些人当十几年前在学校的时代，意气横厉，天真烂漫，何尝不和诸君一样？为什么就会堕落到这样田地呀？屈原说的："何昔日之芳草兮，今直为此萧艾也！岂其有他故兮，莫好修之害也。"天下最伤心的事，莫过于看着一群好好的青年，一步一步往坏路上走。诸君猛醒啊！现在你所厌所恨的人，就是你前车之鉴了。

诸君啊！你现在怀疑吗？沉闷吗？悲哀痛苦吗？觉得外边的压迫你不能抵抗吗？我告诉你：你怀疑和沉闷，便是你因不知才会惑。你悲哀痛苦，便是你因不仁才会忧。你觉得你不能抵抗外界的压迫，便是你因不勇才有惧。这都是你的知情意未经过修养磨练，所以还未成个人。我盼望你有痛切的自觉啊！有了自觉，自然会自动。那么，学校之外，当然有许多学问，读一卷经，翻一部史，到处都可以发现诸君的良师呀！

诸君啊！醒醒罢！养足你的根本智慧，体验出你的人格、人生观，保护好你的自由意志。你成人不成人，就看这几年哩！

人权与女权

梁启超
——————

　　梁启超发表《人权与女权》一文时，为 1922 年，在人权都难以保障的时代，"女权"的提出更为难能可贵。这些文字也跨越了时代的界限，具有空前的进步意义。

　　诸君看见我这题目，一定说梁某不通，女也是人，说人权自然连女权包在里头，为什么把人权和女权对举呢？哈哈！不通诚然是不通，但这个不通题目，并非我梁某人杜撰出来。社会现状本来就是这样的不通，我不过照实说，而且想把不通的弄通罢了。

　　我要出一个问题考诸君一考："什么叫做人？"诸君听见

我这话，一定又要说："梁某只怕疯了！这问题有什么难解？凡天地间'圆颅方趾横目睿心'的动物自然都是人。"哈哈！你这个答案错了。这个答案只能解释自然界"人"字的意义，并不能解释历史上"人"字的意义。历史上的人，其初范围是很窄的，一百个"圆颅方趾横目睿心"的动物之中，顶多有三几个够得上做"人"，其余都够不上！换一句话说，从前能够享有人格的人是很少的，历史慢慢开展，"人格人"才渐渐多起来。

诸君听这番话，只怕越听越糊涂了。别着急，等我逐层解剖出来。同是"圆颅方趾横目睿心"的动物，自然我做得到的事，你也做得到；你享有的权，我也该享有。是不是呢？这啊，果然应该如此。但是从历史上看来，却大大不然。无论何国历史，最初总有一部分人叫作"奴隶"。奴隶岂不也是"圆颅方趾横目睿心"吗？然而那些非奴隶的人，只认他们是货物，不认他们是人。诸君读过西洋历史，谅来都知道古代希腊和雅典，号称"全民政治"，说是个个人都平等都自由。又应该知道有位大哲学家柏拉图，是主张共和政体的老祖宗。不错，柏拉图说，凡人都应该参与政治，但奴隶却不许。为什么呢？因为奴隶并不是人！雅典城里几万人，实际上不过几千人参与政治。为什么说是全民政治呢？因为他们公认是"人"的都已参与了，剩下那一大部分，便是奴隶，本来认做货物不认做人。

不但奴隶如此，就是贵族和平民比较，只有贵族算是完完全全一个人，平民顶多不过够得上作半个人。许多教育，只准贵族受，不准平民受；许多职业，只准贵族当，不准平民当；许多财产，只准贵族有，不准平民有。这种现象，我们中国自唐虞三代到孔子的时候便是如此；欧洲自罗马帝国以来一直到十八世纪都是如此。

在奴隶制度底下，不但非奴隶的人把奴隶不当人看，连那些奴隶也不知道自己是个"人"。在贵族制度底下，不但贵族把平民当半个人看，连那些平民也自己觉得我这个人和他那个人不同。如是者混混沌沌过了几千年。

人是有聪明的，有志气的，他们慢慢地从梦中觉醒起来了！你有两只眼睛一个鼻子，我也有一个鼻子两只眼睛，为什么你便该如彼我便该如此？他们心问口、口问心，经过多少年烦闷悲哀，忽然石破天惊，发明一件怪事："啊，啊！原来我是一个人！"这件怪事，中国人发明到什么程度我且不说，欧洲人什么时候发明的呢？在十五六世纪文艺复兴时代。他们一旦发明了自己是个人，不知不觉地便齐心合力下一个决心。一面要把做人的条件预备充实，一面要把做人的权利扩张圆满。第一步，凡是人都要有受同等教育的机会，不能让贵族和教会把学问垄断。第二步，凡是人都要各因他的才能担任相当的职业，不许说某项职业该被某种阶级的人把持到底。第三步，为保障前两事起见，一国政治，凡属人都要有权过问。总说一句：他们有了"人的自觉"，便发生出人权运动。教育上平等权，职业上平等权，政治上平等权，便是人权运动的三大阶段。

啊，啊！了不得，了不得！人类心力发动起来，什么东西也挡他不住。"一！二！三！开步走！""走！走！走！"走到十八世纪末年，在法国巴黎城轰的放出一声大炮来：《人权宣言》！好呀好呀！我们一齐来！属地么，要自治；阶级么，要废除；选举么，要普遍；黑奴农奴么，要解放。十九世纪全个欧洲、全个美洲热烘烘闹了一百年，闹的就是这一件事。吹喇叭，放爆竹，吃干杯，成功！凯旋！人权万岁！从前只有皇帝是人，贵族是人，僧侣是人，如今我们也和他们一样，不算人的都算人了，普天之下率土之滨凡叫作人的，都恢复他们的资格了。人权万岁！万万岁！

万岁声中，还有一大部分"圆颅方趾横目睿心"的动物在那边悄悄地滴眼泪。这一部分动物，虽然在他们同类中占一半的数量，但向来没有把他们编在人类里头。这一部分是谁，就是女子！人权运动，运动的是人权。她们是 Women 不是 Men，说得天花乱坠的人权，却不关她们的事！

眼泪是最神圣不过的东西，眼泪是从自觉的心苗中才滴得出来的。男子固然一样的是两只眼睛一个鼻子，没有什么贵族、平民、奴隶的分别，难道女子又只有一只眼睛半个鼻子吗？当人权运动高唱入云的时候，又发明一件更怪的事："啊！啊！原来世界上还有许多人！"有了这种发明，于是女权运动开始起来。女权运动，我们可以给它一个名词，叫作广义的人权运动。

广义的人权运动——女权运动；和那狭义的人权运动——平民运动正是一样，要有两种主要条件：第一要自动，第二要有阶段。

什么叫自动呢？例如美国解放黑奴运动，不是黑奴自己要解放自己，乃是一部分有博爱心的白人要解放他们，这便是他动不是自动。不由自动得来的解放，虽解放了也没有什么价值。不仅如此，凡运动是多数人协作的事，不是少数人包办的事，所以要多数共同的自动。例如中国建设共和政体，仅有极少数人在那里动，其余大多数不管事，这仍算是他动不是自动。像欧洲十九世纪的平民运动，的确是出于全部或大多数的平民自觉自动。其所以能成功而且彻底的理由，全在乎此。女权运动能否有意义有价值，第一件就要看女子切实自觉自动的程度何如。

什么是阶段呢？前头说过，人权运动含有三种意味。一是教育上平等权，二是职业上平等权，三是政治上平等权。

这三件事虽然一贯，但里头自然分出个步骤来。在贵族垄断权利的时代，他们辩护自己唯一的武器，就是说：我们贵族所有的学问知识，你们平民没有；我们贵族办得下来的事，你们平民办不下来。这话对不对呢？对呀。欧洲中世纪的社会情状，的确是如此。倘若十八九世纪依然是这种情状，我敢保《人权宣言》一定发不出来，即发出来也是空话。所以自文艺复兴以来，他们平民第一件最急切的要求，是要和贵族有受同等教育的机会。这种机会陆续到手，他们便十二分努力地去增进自己的知识和能力。到十八九世纪时，平民的知识能力，比贵族只有加高，绝无低下，于是乎一鼓作气，把平民运动成功了。换一句话说：他们是先把做人条件预备充实，才能把做人的权利扩张圆满。

他们的女权运动，现在也正往这条路上走。女权运动，也是好几十年前已经开始了，但势力很是微微不振。为什么不振呢？因为女子知识能力的确赶不上男子。为什么赶不上呢？因为不能和男子有受同等教育的机会。他们用全力打破这一关，打破之后，再一步一步地肉搏前去，以次到职业问题，以次到参政权问题。现在欧美这种运动，渐渐地已有一部分成功了。

我们怎么样呢？哎，说起来，又惭愧，又可怜，连大部分男子也没有发明自己是个人，何论女子！狭义的人权运动还没有做过，说什么广义的人权运动！所以有些人主张"女权尚早论"，说等到平民运动完功之后，再做女权运动不迟。这种话对吗？不对。欧洲造铁路，先有了狭轨，才渐渐改成广轨，我们造铁路，自然一动手就用广轨，有什么客气！欧洲人把狭义广义的人权运动分作两回做，我们并做一回，并非不可能的事。但有一件万不可以忘记：狭轨广轨固然不成问题，然而没有筑路便想开车，却是断断乎不行的。我说一句不怕诸君怄气的话：中国现在男子的知识能力固然也是很幼稚薄弱的，但女子又比男子幼稚薄弱好几倍！讲女权吗？头一个条件，要不依赖男子而能独立。换一句话说，是要有职业。譬如某学校出了一个教授的缺，十位女子和十位男子竞争，谁争赢谁？譬如某公司或某私人要用一位秘书，十位女子和十位男子竞争，又谁争赢谁？再进一步，假使女子参政权实行规定在宪法，到选举场中公开讲演自由竞争，又谁争赢谁？以现在情形论，我斗胆敢说：女子十回一定有九回失败。为什么呢？因为现在女子的知识能力实实在在不如男子。天生成不如吗？不然不然，不过因为学力不够。为什么学力不够？为的是从前女子求学不能和男子有均等机会。没有均等机会，固然不是现在女子之过；然而学力不够，却是不能讳言的事实。诸君在英文读本里头谅来都读过一句格言：Knowlege is power——知识即权力。不从知识基础上求权力，权力断断乎得不到；侥幸得到，也断断乎保持不住，一个人如此，阶级相互间也是如此，两性相互间也是如此。

　　讲到这里，我们大概可以得一个结论了。女权运动，无论为求学运动，为竞业运动，为参政运动，我在原则上都赞成；不仅赞成，而且认为十分必要。若以程序论，我说学第一，业第二，政第三。近来讲女权的人，集中于参政问题，我说是急其所缓，缓其所急。老实说一句：现在男子算有参政权没有？说没有吗？《约法》上明明规定；没有吗？民国成立十一个年头，看见哪一位男子曾参过政来？还不是在选举人名册上凑些假名，供那班"政棍"做买票卖票的工具！人民在这种政治意识之下，就让你争得女子参政权，也不过每县添出千把几百个"赵兰、钱惠、孙淑、李娟"等等人名，替"政棍"多弄几票生意！我真不愿志洁行芳的姊妹们，无端受这种污辱。平心而论，政治上的事情，原不能因噎废食，这种愤激之谈，我也不愿多说了。归根结底一句；无论何种运动，都要多培实力，少作空谈。

　　诸君啊！现在全国中女子知识的制造场，就靠这十几个女子师范学校，诸君就是女权运动的基本军队。庄子说得好："水之积不厚，则其负大舟也无力。"诸君要知道自己责任重大，又要知道想尽此责任，除却把学问做好，知识能力提高外，别无捷径。我盼望诸君和全国姊妹们，都彻底觉悟自己是一个人，都加倍努力完成一个人的资格，将来和全世界女子共同协力做广义的人权运动。这回运动成功的时候，真可以欢呼人权万岁了！

敬告中国二万万女同胞

秋　瑾（1875—1907）

中国近代女作家、民主革命志士。字璿卿，自号鉴湖女侠。在日本留学期间，发起组织"共爱会"，反抗清政府。第二次赴日时，参加同盟会，回国后创办中国公学。因联合会党组织光复军反清，被奸人告密，壮烈牺牲。这是秋瑾仅存的三篇演讲稿之一。她热情鼓励妇女同胞向封建势力做勇敢的抗争。时为 1904 年 10 月。

唉！世界上最不平的事，就是我们二万万女同胞了。从小生下来，遇着好老子，还说得过；遇着脾气杂冒、不讲情理的，满嘴连说："晦气，又是一个没用的。"恨不得拿起来摔死。总抱着"将来是别人家的人"这句话，冷一眼、白一眼地看待；没到几岁，也不问好歹，就把一双雪白粉嫩的天足脚，用白布缠着，连睡觉的时候，也不许放松一点，到了后来肉也烂尽了，骨也折断了，不过讨亲戚、朋友、邻居们一声"某人家姑娘脚小"罢了。这还不说，到了择亲的时光，只凭着两个不要脸媒人的话，只要男家有钱有势，不问身家清白，男人的性情好坏、学问高低，就不知不觉应了。到了过门的时候，用一顶红红绿绿的花轿，坐在里面，连气也不能出。到了那边，要是遇着男人虽不怎么样，却还安分，这就算前生有福今生受了。遇着不好的，总不是说"前生作了孽"，就是说"运气不好"。要是说一二句抱怨的话，或是劝了男人几句，反了腔，就打骂俱下；别人听见还要说："不贤惠，不晓得妇道呢！"诸位听听，这不是有冤没处诉么？还有一桩不公的事：男子死了，女子就要戴三年孝，不许二嫁。女子死了，男子只戴几根蓝辫线，有嫌难看的，连戴也不戴；人死还没三天，就出去偷鸡摸狗，七还未尽，新娘子早已进门了。上天生人，男女原没有分别。试问天下没有女人，就生出这些人来么？为什么这样不公道呢？那些男子，天天说"心是公的，待人是要和平的"，又为什么把女子当作非洲的黑奴一样看待，不公不平，直到这步田地呢？

　　诸位，你要知道天下事靠人是不行的，总要求己为是。当初那些腐儒说什么"男尊女卑""女子无才便是德""夫为妻纲"这些胡说，我们女子要是有志气的，就应当号召同志与他反对，陈后主兴了这缠足的例子，我们要是有羞耻的，就应当兴师问罪；即不然，难道他捆着我的腿？我不会不缠的么？男子怕我们有知识、有学问、爬上他们的头，不准我们求学，我们难道不会和他分辩，就应了么？这总是我们女子自己放弃责任，样样事体一见男子做了，自己就乐得偷懒，图安乐。男子说我没用，我就没用；说我不行，只要保着眼前舒服，就做奴隶也不问了。自己又看看无功受禄，恐怕行不长久，一听见男子喜欢脚小，就急急忙忙把它缠了，使男人看见喜欢，庶可以借此吃白饭。至于不叫我们读书、习字，这更是求之不得的，有什么不赞成呢？诸位想想，天下有享现成福的么？自然是有学问、有见识、出力做事的男人得了权利，我们做他的奴隶了。既做了他的奴隶，怎么不压制呢？自做自受，又怎么怨得人呢？这些事情，提起来，我也觉得难过，诸位想想总是个中人，亦不必我细说。

　　但是从此以后，我还望我们姐妹们，把从前事情，一概搁开，把以后事情，尽力做去，譬如从前死了，现在又转世为人了。老的呢，不要说"老而无用"，遇见丈夫好的要开学堂，不要阻他；儿子好的，要出洋留学，不要阻他。中年做媳妇的，不要总拖着丈夫的腿，使他气短志颓，功不成、名不就；生了儿子，就要送他进学堂，女儿也是如此，千万不要替她缠足。幼年姑娘的呢，若能够进学堂更好；就不进学堂，在家里也要常看书、习字。有钱做官的呢，就要劝丈夫开学堂、兴工厂，做那些与百姓有益的事情。无钱的呢，就要帮着丈夫苦作，不要偷懒吃闲饭。这就是我的望头了。诸位晓得国是要亡的了，男人自己也不保，我们还想靠他么？我们自己要不振作，到国亡的时候，那就迟了。诸位！诸位！须不可以打断我的念头才好呢！

少年中国之精神

胡　适（1891—1962）

中国现代著名学者、教育家。安徽绩溪人。曾留学美国，师从杜威，获哲学博士学位。是新文化运动知名人物。编辑《新青年》杂志。他以改良主义对待马克思主义。1938年后，先后任国民党驻美大使、北京大学校长等职。1948年起长居美国，1962年卒于台湾。主要作品收入《胡适文存》。本文作于1919年3月22日，胡适于1919年7月在少年中国学会筹备会上演讲。胡适在本文阐明了中国少年应该具有的逻辑、人生观和精神。胡适是当代中国文化重建的设计师和现代中国文化精神的杰出代表，他在百年前对青少年提出的要求，同样适用于当代青年。

前番太炎先生，话里面说现在青年的四种弱点，都是很可使我们反省的。他的意思是要我们少年人：一、不要把事情看得太容易了；二、不要妄想凭借已成的势力；三、不要虚慕文明；四、不要好高骛远。这四条都是消极的忠告。我现在且从积极一方面提出几个观念，和各位同志商酌。

一、少年中国的逻辑

逻辑即是思想、辩论、办事的方法。一般中国人现在最缺乏的就是一种正当的方法。因为方法缺乏，所以有下列的几种现象：（一）灵异鬼怪的迷信，如上海的盛德坛及各地的各种迷信；（二）谩骂无理的议论；（三）用"诗云子曰"作根据的议论；（四）把西洋古人当作无上真理的议论。还有一种平常人不很注意的怪状，我且称它为"目的热"，就是迷信一些空虚的大话，认为高尚的目的，全不问这种观念的意义究竟如何。今天有人说"我主张统一和平"，大家齐声喝彩，就请他做内阁总理；明天又有人说"我主张和平统一"，大家又齐声叫好，就举他做大总统；此外还有什么"爱国"哪，"护法"哪，"孔教"哪，"卫道"哪……许多空虚的名词；意义不曾确定，也都有许多人随声附和，认为天经地义，这便是我所说的"目的热"。以上所说各种现象都是缺乏方法的表示。我们既然自认为"少年中国"，不可不有一种新方法；这种新方法，应该是科学的方法；科学方法，不是我在这短促时间里所能详细讨论的，我且略说科学方法的要点：

第一，注重事实科学。方法是用事实作起点的，不要问孔子怎么说，柏拉图怎么说，康德怎么说；我们须要先从研究事实下手，凡游历、调查、统计等事都属于此项。

第二，注重假设。单研究事实，算不得科学方法。王阳明对着庭前的竹子做了七天的"格物"功夫，格不出什么道理来，反病倒了，这是笨伯的"格物"方法；科学家最重"假设"（Hypothesis）。观察事物之后，自说有几个假定的意思；我们应该把每一个假设所涵的意义彻底想出，看那意义是否可以解释所观察的事实？是否可以解决所遇的疑难？所以要博学。正是因为博学方才可以有许多假设，学问只是供给我们种种假设的来源。

第三，注重证实。许多假设之中，我们挑出一个，认为最合用的假设；但是这个假设是否真正合用？必须实地证明。有时候，证实是很容易的；有时候，必须用"试验"方才可以证实。证实了的假设，方可说是"真"的，方才可用。一切古人今人的主张、东哲西哲的学说，若不曾经过这一层证实的功夫，只可作为待证的假设，不配认作真理。

少年的中国，中国的少年，不可不时时刻刻保存这种科学的方法、实验的态度。

二、少年中国的人生观

现在中国有几种人生观都是"少年中国"的仇敌：第一种是醉生梦死的无意识生活，固然不消说了；第二种是退缩的人生观，如静坐会的人，如坐禅学佛的人，都只是消极的缩头主义。这些人没有生活的胆子，不敢冒险，只求平安，所以变成一班退缩懦夫；第三种是野心的投机主义，这种人虽不退缩，但为完全自己的私利起见，所以他们不惜利用他人，作他们自己的器具，不惜牺牲别人的人格和自己的人格，来满足自己的野心；到了紧要关头，不惜作伪、不惜作恶，不顾社会的公共幸福，以求达他们自己的目的。这三种人生观都是我们该反对的。少年中国的人生观，依我个人看来，该有下列的几种要素：

第一，须有批评的精神。一切习惯、风俗、制度的改良，都起于一点批评的眼光；个人的行为和社会的习俗，都最容易陷入机械的习惯，到了"机械的习惯"的时代，样样事都不知不觉地做去，全不理会何以要这样做，只晓得人家都这样做故我也这样做，这样的个人便成了无意识的两脚机器，这样的社会便成了无生气的守旧社会，我们如果发愿要造成少年的中国，第一步便须有一种批评的精神；批评的精神不是别的，就是随时随地都要问我为什么要这样做？为什么不那样做？

第二，须有冒险进取的精神。我们须要认定这个世界是很多危险的，定不太平的，是需要冒险的；世界的缺点很多，是要我们来补救的；世界的痛苦很多，是要我们来减少的；世界的危险很多，是要我们来冒险进取的。俗话说得好："成人不自在，自在不成人。"我们要做一个人，岂可贪图自在；我们要想造一个"少年的中国"，岂可不冒险；这个世界是给我们活动的大舞台，我们既上了台，便应该老着面皮，拼着头皮，大着胆子，干将起来；那些缩进后台去静坐的人都是懦夫，那些袖着双手只会看戏的人，也都是懦夫；这个世界岂是给我们静坐旁观的吗？那些厌恶这个世界，梦想超生别的世界的人，更是懦夫，不用说了。

第三，须要有社会协进的观念。上条所说的冒险进取，并不是野心的，自私自利的；我们既认定这个世界是给我们活动的，又须认定人类的生活全是社会的生活，社会是有机的组织，全体影响个人，个人影响全体，社会的活动是互助的，你靠他帮忙，他靠你帮忙，我又靠你同他帮忙，你同他又靠我帮忙；你少说了一句话，我或者不是我现在的样子，我多尽了一分力，你或者也不是你现在这个样子，我和你多尽了一分力，或少做了一点事，社会的全体也许不是现在这个样子，这便是社会协进的观念。有这个观念，我们自然把人人都看作同力合作的伴侣，自然会尊重人人的人格了；有这个观念，我们自然觉得我们的一举一动都和社会有关，自然不肯为社会造恶因，自然要努力为社会种善果，自然不致变成自私自利的野心投机家了。

少年的中国，中国的少年，不可不时时刻刻保存这种批评的、冒险进取的、社会的人生观。

三、少年中国的精神

少年中国的精神并不是别的，就是上文所说的逻辑和人生观。我且说一件故事做我这番谈话的结论：诸君读过英国史的，一定知道英国前世纪有一种宗教革新的运动，历史上称为"牛津运动"（Oxford Movement），这种运动的几个领袖如客白尔（Keble）、纽曼（Newman）、福鲁德（Froude）诸人，痛恨英国国教的腐败，想大大地改革一番；这个运动未起事之先，这几位领袖作了一些宗教性的诗歌写在一个册子上，纽曼摘了一句荷马的诗题在册子上，那句诗是"You shall see the difference now that we are back again"！翻译出来即是"如今我们回来了，你们看便不同了"！

少年的中国，中国的少年，我们也该时时刻刻记着这句话："如今我们回来了，你们看便不同了！"

　　这便是少年中国的精神。

科学的人生观

胡　适

本文为胡适于 1928 年 5 月在苏州青年会所作演讲。
人生观，是人们在实践中形成的对于人生目的和意义的
根本看法，它决定了人们的理想目标、价值取向和生活
态度。每个人都有着不尽相同的人生观，这也影响和导
致了人们不同的命运。建立正确而科学的人生观，是每
个青少年的必备功课。

今天讲的题目，就是"科学的人生观"，研究人是什么东
西？在宇宙中占据什么地位？人生究竟有何意味？因为少年
人近来觉得很烦闷，自杀、颓废的都有，我比较至少多吃了
几斤盐、几担米，所以来计划计划，研究自身人的问题。至

于人生观，各人不同，都随环境而必变，不可以一个人的人生观去统理一切；因为公有公理，婆有婆理，我们至少要以科学的立场，去研究它、解决它。

"科学的人生观"有两个意思：第一拿科学做人生观的基础；第二拿科学的态度、精神、方法，做我们生活的态度、生活的方法。

现在先讲第一点，就是人生是什么？人生是啥物事？拿科学的研究结果来讲，我在民国十二年发表的十条，这十条就是武昌有一个主教，称为新的十诫，说我是中华基督教的危险物的。十条内容如下：

一、要知道空间的大

拿天文、物理考察，得着宇宙之大；从前孙行者翻筋斗，一翻翻到南天门，一翻翻到下界，天的观念，何等的小？现在从地球到银河中间的最近的一个星，中间距离，照孙行者一秒钟翻十万八千里的速率计算，恐怕翻一万万年也翻不到，宇宙是何等地大？地球是宇宙间的沧海之一粟，九牛之一毛；我们人类，更是小，真是不成东西的东西！以前看得人的地位太重了，以为是万物之灵，同大地并行，凡是政治不良，就有彗星、地震的征象，这是错的。从前王充很能见得到，说："一个虱子不能改变那裤子里的空气，和那人类不能改变皇天一样。"所以我们眼光要大。

二、时间是无穷的长

从地质学、生物学的研究，晓得时间是无穷地长，以前开口五千年，闭口五千年，以为目空一切；不料世界太阳系的存在，有几万万年的历史，地球也有几万万年，生物至少有几千万年，人类也有二三百万年，所以五千年占很小的地位。明白了时间之长，就可以看见各种进步的演变，不是上帝一刻可以造成的。

三、宇宙间自然的行动

根据了一切科学，知道宇宙、万物都有一定不变的自然行动。"自然自己，也是如此"，就是自己自然如此，各物自己如此的行动，并没有一种背后的指示，或是一个主宰去规范他们。明白了这点，对于月食是月亮被天狗所吞的种种迷信，可以打破了。

四、物竞天择的原理

从生物学的知识，可以看到物竞天择的原理。鲫鱼下卵有几百万个，但是变鱼的只有几个；否则就要变成"鱼世界"了！大的吃小的，小的又吃更小的，人类都是如此。从此晓得人生不受安排，是自己如此的行动；否则要安排起来，为什么不安排一个完善的世界呢？

五、人是什么东西

从社会学、生理学、心理学方面去看，人是什么东西？

吴稚晖先生说："人是两手一个大脑的动物，与其他的不同，只在程度上的区别罢了。"人类的手，与鸡、鸭的掌差不多，实是它们的弟兄辈。

六、人类是演进的

根据人种学来看，人类是演进的；因为要应付环境，所以要慢慢地变；不变不能生存，要灭亡了。所以从下等的动物，慢慢演进到高等的动物，现在还是演进。

七、心理受因果律的支配

根据心理学、生物学来讲，心理现状是有因果律的。思想、做梦，都受因果律的支配，是心理、生理的现象，和头痛一般；所以人的心理说是超过一切，是不对的。

八、道德、礼教的变迁

照生理学、社会学来讲，人类道德、礼教也变迁的。以前以为脚小是美观，但是现在脚小要装大了。所以道德、礼教的观念，正在改进。以二十年、二百年或二千年以前的标准，来判断二十年、二百年、二千年后的状况，是格格不相入的。

九、各物都有反应

照物理、化学来讲，物质是活的，原子分为电子，是动的，石头倘然加了化学品，就有反应，像人打了一记，就有反动一样。不同的，只在程度不同罢了。

十、人的不朽

根据一切科学知识，人是要死的，物质上的腐败，和猫死狗死一般。但是个人不朽的工作，是功德：在立德，立功，立言。善恶都是不朽。一块痰中，有微生物，这菌能散布到空间，使空气都恶化了；人的言语，也是一样。凡是功业、思想，都能传之无穷；匹夫匹妇，都有其不朽的存在。

我们要看破人世间、时间之伟大，历史的无穷，人是最小的动物，处处都在演进，要去掉那小我的主张，但是那小小的人类，居然现在对于制度、政治各种都有进步。

以前都是拿科学去答复一切，现在要用什么方法去解决人生，就是哪样生活？各人有各人的方法，但是，至少要有那科学的方法、精神、态度去做。分四点来讲：

一、怀疑

第一点是怀疑。三个弗相信的态度，人生问题就很多。有了怀疑的态度，就不会上当。以前我们幼时的知识，都从阿金、阿狗、阿毛等黄包车夫、娘姨处学来；但是现在自己要反省，问问以前的知识是否靠得往。

二、事实

我们要实事求是，现在像贴贴标语，什么打倒田中义一等，都仅务虚名，像豆腐店里生意不好，看看"对我生财"泄闷一样。又像是以前的画符，一画符病就好的思想。贴了打倒帝国主义，帝国主义就真个打倒了么？这不对，我们应做切实的工作，奋力地做去。

三、证据

怀疑以后，相信总要相信，但是相信的条件，就是拿凭据来。有了这一句，论理学诸书，都可以不读。赫胥黎的儿子死了以后，宗教家去劝他信教，但是他很坚决地说："拿有上帝的证据来！"有了这种态度，就不会上当。

四、真理

朝夕地去求真理，不一定要成功，因为真理无穷，宇宙无穷；我们去寻求，是尽一点责任，希望在总分上，加上万万分之一。胜固是可喜，败也不足忧。明知赛跑，只有一个人第一，我们还要跑去，不是为我为私，是为大家。发明不是为发财，是为人类。英国有一个医生，发明了一种治肺的药。但是因为自秘，就被医学会开除了。

所以科学家是为求真理。庄子虽有"吾生也有涯，而知也无涯，以有涯逐无涯，殆已"的话头，但是我们还要向上做去，得一分就是一分，一寸就是一寸，可以有亚基米特①氏发现浮力时叫"Eureka"的快活。有了这种精神，做人就不会失望。所以人生的意味，全靠你自己的工作；你要它圆就

---

① 今译"阿基米德"。

圆，方就方，是有意味；因为真理无穷，趣味无穷，进步快活也无穷尽。

为什么读书

胡 适

本文为胡适于 1930 年 11 月下旬在上海青年会的讲演词。古人云："书中自有千钟粟，书中自有黄金屋，书中自有颜如玉。"每个人都会读书，那么你读书的目的是什么呢? 胡适在本文中为我们阐述了三种读书的目的。读书能带来很多功用，正如古人云："开卷有益。"

青年会叫我在未离南方赴北方之前在这里谈谈，我很高兴，题目是"为什么读书"。现在读书运动大会开始，青年会拣定了三个演讲题目。我看第二个题目"怎样读书"很有兴味，第三个题目"读什么书"更有兴味，第一个题目无法讲，为什么读书，连小孩子都知道，讲起来很难为情，而且也讲不好。所以我今天讲这个题目，不免要侵犯其余两个题目的范围，不过我仍旧要为其余两位演讲的人留一些余地。现在我就把这个题目来试一下看。我从前也有过一次关于读书的演讲，后来我把那篇演讲录略事修改，编入三集《文存》里面，那篇文章题目叫作《读书》，其内容性质较近于第二个题目，诸位可以拿来参考。今天我就来试试"为什么读书"这个题目。

从前有一位大哲学家作了一篇《读书乐》，说到读书的好处，他说："书中自有千钟粟，书中自有黄金屋，书中自有颜如玉。"这意思就是说，读了书可以做大官，获厚禄，可以不至于住茅草房子，可以娶得年轻的漂亮太太（台下哄笑）。诸位听了笑起来，足见诸位对于这位哲学家所说的话不十分满意。现在我就讲所以要读书的别的原因。

为什么要读书？有三点可以讲：第一，因为书是过去已经知道的智识学问和经验的一种记录，我们读书便是要接受这人类的遗产；第二，为要读书而读书，读了书便可以多读书；第三，读书可以帮助我们解决困难，应付环境，并可获得思想材料的来源。我一踏进青年会的大门，就看见许多关于读的标语。为什么读书？大概诸位看了这些标语就都已知道了，现在我就把以上三点更详细地说一说。

第一，因为书是代表人类老祖宗传给我们的智识的遗产，我们接受了这遗产，以此为基础，可以继续发扬光大，更在这基础之上，建立更高深更伟大的智识。人类之所以与别的动物不同，就是因为人有语言文字，可以把智识传给别人，又传至后人，再加以印刷术的发明，许多书报便印了出来。人的脑很大，与猴不同，人能造出语言，后来更进一步而有文字，又能刻木刻字，所以人最大的贡献就是留下过去的智识和经验，使后人可以节省许多脑力。非洲野蛮人在山野中遇见鹿，他们就画了一个人和一只鹿以代信，给后面的人叫他们勿追。但是把智识和经验遗给儿孙有什么用处呢？这是有用处的，因为这是前人很好的教训。现在学校里各种教科书，如物理、化学、历史等等，都是根据几千年来得来的智识编纂成书的。一年、两年，或者三年，教完一科。自小学、中学，而至大学毕业，这十六年所受的教育，都是代表我们老祖宗几千年来得来的智识学问和经验。所谓进化，就是叫人节省劳力，蜜蜂虽能筑巢，能发明，但传下来就只有这一点智识，没有继续去改革改良，以应付环境，没有做格外进一步的工作。人呢，达不到目的，就再去求进步，而以前人的知识学问和经验作参考。如果每样东西，要个个人从头学起，而不去利用过去的智识，那不是太麻烦了吗？所以人有了这智识的遗产，就可以自己去成家立业，就可以缩短工作，使有余力做别的事。

第二点稍复杂，就是为读书而读书。读书不是那么容易的一件事情，不读书不能读书，要能读书才能多读书。好比戴了眼镜，小的可以放大，模糊的可以看得清楚，远的可以变为近。读书要戴眼镜。眼镜越好，读书的了解力也越大。王安石对曾子固说："读经而已，则不足以知经。"所以他对于《本草》《内经》、小说，无所不读，这样对于经才可以明白一些。王安石说："致其知而后读。"请你们注意，他不说读书以致知，却说，先致知而后读书。读书固然可以扩充知识；但知识越扩充了，读书的能力也越大。这便是"为读书而读书"的意义。试举《诗经》作一个例子。从前的学者把《诗经》看作"美""刺"的圣书，越讲越不通。现在的人应该多预备几副好眼镜，人类学的眼镜、考古学的眼镜、文法学的眼镜、文学的眼镜。眼镜越多越好，越精越好。例如"野有死麕，白茅包之。有女怀春，吉士诱之"；我们若知道比较民俗学，便可以知道打了野兽送到女子家去求婚，是平常的事。又如"钟鼓乐之，琴瑟友之"，也不必说什么文王太姒，只可看作少年男子在女子的门口或窗下奏乐唱和，这也是很平常的事。再从文法方面来观察，像《诗经》里"之子于归""黄鸟于飞""凤凰于飞"的"于"字；此外，《诗经》里又有几百个"维"字，还有许多"助词""语词"，这些都是有作用而无意义的虚字，但以前的人却从未注意及此。这些字若不明白，《诗经》便不能懂。再说在《墨子》一书里，有点光学、力学；又有点经济学。但你要懂得光学，才能懂得墨子所说的光；你要懂得各种智识，才能懂得《墨子》里一些最难懂的文句。总之，读书是为了要读书，多读书更可以读书。最大的毛病就在怕读书，怕读难书。越难读的书我们越要征服它们，把它们作为我们的奴隶或向导，我们才能够打倒难书，这才是我们的"读书乐"。若是我们有了基础的科学知识，那么，我们在读书时便能左右逢源。我再说一遍，读书的目的在于读书，要读书越多才可以读书越多。

　　第三点，读书可以帮助解决困难，应付环境，供给思想材料。知识是思想材料的来源。思想可分作五步。思想的起源是大的疑问。吃饭拉屎不用想，但逢着三岔路口、十字街头那样的环境，就发生困难了。走东或是走西，这样做或是那样做，有了困难才有思想。第二步要把问题弄清，究竟困难在哪一点上。第三步才想到如何解决，这一步，俗话叫作出主意（Ideas）。但主意太多，都采用也不行，必须要挑选。但主意太少或者竟全无主意，那就更没办法了。第四步就是要选择一个假定的解决方法。要想更这一个方法能不能解决。若不能，那么，就换一个；若能，就行了。这好比开锁，这一个钥匙开不开，就换一个；假定是可以开的，那么，问题就解决了。第五步就是证实。凡是有条理的思想都要经过这步，或是逃不了这五个阶段。科学家要解决问题，侦探要侦探案件，多经过这五步。

　　这五步之中，第三步是最重要的关键。问题当前，全靠有主意。主意从哪儿来呢？从学问经验中来。没有智识的人，见了问题，两眼白瞪瞪，抓耳挠腮，一个主意都不来。学问丰富的人，见着困难问题，东一个主意，西一个主意，挤上来，涌上来，请求你录用。读书是过去知识、学问、经验的记录，而知识、学问、经验就是要用在这时候，所谓"养军千日，用在一朝"。否则，学问一些都没有，遇到困难就要糊涂起来。例如达尔文把生物变迁现象研究了几十年，却想不出一个原则去整统他的材料。后来无意中看到马尔萨斯的《人口论》，说人口是按照几何学级数一倍一倍地增加，粮食是按照数学级数增加，达尔文研究了这原则，忽然触机，就把这原则应用到生物学上去，创了物竞天择的学说。读了经济学的书，可以得着一个解决生物学上的困难问题，这便是读书的功用。古人说："开卷有益"，正是此意。读书不是单为文凭功名，只因为书中可以供给学问知识，可以帮助我们解决困难，可以帮助我们思想。又譬如从前的人以为地球是世界的中心，后来天文学家哥白尼却主张太阳是世界的中心，绕着地球而行。据罗素说，哥白尼所以这样的解说，是因为希腊人已经讲过这句话；假使希腊没有这句话，恐怕更不容易有人敢说这句话吧。这也是读书的好处。

有一家书店印了一部旧小说叫作《醒世姻缘》，是西周生所著的，印好在我家藏了六年，我还不曾考出西周生是谁。这部小说讲到婚姻问题，其内容是这样：有个好老婆，不知何故，后来忽然变坏，作者没有提及解决方法，也没有想到可以离婚，只说是前世作孽，因为在前世男虐待女，女就投生换样子，压迫者变为被压迫者。这种前世作孽，起先相爱，后来忽变的故事，我仿佛什么地方看见过。后来忽然想起《聊斋》一书中有一篇和这相类似的笔记，也是说到一个女子，起先怎样爱着她的丈夫，后来怎样变为凶太太，便想到这部小说大约是蒲留仙或是蒲留仙的朋友做的。去年我看到一本杂记，也说是蒲留仙做的，不过没有多大证据。今年我在北京，才找到了证据。这一件事可以解释刚才我所说的第二点，就是读书可以帮助读书，同时也可以解释第三点，就是读书可以供给出主意的来源。当初若是没有主意，到了逢着困难时便要手足无措，所以读书可以解决问题，就是军事、政治、财政、思想等问题，也都可以解决，这就是读书的用处。

我有一位朋友，有一次傍着灯看小说，洋灯装有油，但是不亮，因为灯芯短了。于是他想到《伊索寓言》里有一篇故事，说是一只老鸦要喝瓶中的水，因为瓶太小，得不到水，它就衔石投瓶中，水乃上来。这位朋友是懂得化学的，于是加水于灯中，油乃碰到灯芯。这是看《伊索寓言》给他看小说的帮助。读书好像用兵，养兵求其能用，否则即使有十万二十万的大兵也没有用处，难道只好等他们"兵变"吗？

至于"读什么书"，下次陈中凡先生要讲演，今天我也附带地讲一讲。我从五岁起到了四十岁，读了三十五年的书。我可以很诚恳地说，中国的旧籍是很经不起读的。中国有五千年文化，"四部"的书已是汗牛充栋。究竟有几部书应该读，我也曾经想过。其中有条理有系统的精心结构之作，二千五百年以来恐怕只有半打。"集"是杂货店，"史"和"子"还是杂货店，至于"经"，也只是杂货店，讲到内容，可以说没有一些东西可以给我们改进道德增进智识的帮助的。中国书不够读乐趣，我们要另开生路，辟殖民地，这条生路，就是每个少年必须至少要精通一种外国文字。读外国语要读到有乐而无苦，能做到这地步，书中便有无穷乐趣。希望大家不要怕读书，起初的确要查阅字典，但假使能下一年苦功，继续不断做去，那么，在一二年中定可开辟一个乐园，还只怕求知的欲望太大，来不及读呢。我总算是老大哥，今天我就根据我过去三十五年读书的经验，给你们这一个临别的忠告。

今日青年之弱点

章太炎（1869—1936）

中国民主革命先行者之一，也是近代经学、史学、音韵学、文字学方面均有很深造诣的学者。名绛，字枚叔，号太炎。浙江余杭人。因投入维新运动，后逃亡台湾。与蔡元培共同组织光复会，当选为会长。曾任《大共和日报》主编兼孙中山总统府枢密顾问。五四运动后，日渐颓唐。后脱离国民党，专门从事讲学活动。著述均刊入《章氏丛书》（三卷）。本文是章太炎于1923年应少年中国学会之邀做的演讲。章太炎先生在文中指出了彼时青年的四个弱点，这些弱点在当今青年的身上不也同样存在吗？我们只有不断克服、改变自己身上的弱点，才能不断变得强大和与众不同。

现在青年第一个弱点，就是把事情太看容易，其结果不是侥幸，便是退却。因为大凡做一件事情，在起初的时候，很不容易区别谁为杰出之士，必须历练许多困难，经过相当时间，然后才显得出谁为人才，其所造就方才可靠。近来一般人士皆把事情看得容易，亦有时机凑巧居然侥幸成功。他们成功既是侥幸得来，因之他们凡事皆想侥幸成功。但是天下事那有许多侥幸呢？于是乎一遇困难，即刻退却。所以近来人物一时侥幸成功，则誉满天下；一时遇着困难废然而返，则毁谤丛集。譬如辛亥革命侥幸成功，为时太速，所以当时革命诸人多半未经历练，真才不易显出。诸君须知凡侥幸成功之事，便显不出谁是勇敢，谁是退却，因之杂乱无章，遂无首领之可言。假使当时革命能延长时间三年，清廷奋力抵抗，革命诸人由那艰难困苦中历练出来，既无昔日之侥幸成功，何至于有今日之纷纷退却。又如孙中山之为人，私德尚好，就是把事情太看容易，实是他的最大弱点。现在青年若能将这个弱点痛改，遇事宜慎重，决机宜敏速，抱志既极坚确，观察又极明了，则无所谓侥幸退却，只有百折千回以达吾人最终之目的而已。

现在青年第二个弱点，就是妄想凭借已成势力。本来自己是有才能的，因为要想凭借已成势力，就将自己原有之才能皆一并牺牲，不能发展。譬如辛亥革命，大家皆利用袁世凯推翻清廷，后来大家都上了袁世凯的当。历次革命之利用陆荣廷、岑春暄，皆未得良好结果。若使革命诸人听由自己的力量，一步一步地做去，旗帜鲜明，宗旨确定，未有不成功的。你们的少年中国学会，主张不利用已成势力我是很赞成的。不过已成势力，无论大小，皆不宜利用。抱定宗旨，向前做去，自然志同道合的青年一天多似一天，那力量就不小了。唯最要紧的须要耐得过这寂寞日子，不要动那凭借势力的念头。

现在青年第三个弱点，就是虚慕文明。虚慕那物质上的文明，其弊是显而易见的。就是虚慕那人道主义，也是有害的。原来人类性质，凡是能坚忍的人，都是含有几分残忍性，不过他时常勉强抑制，不易显露出来。有时抑制不住，那残忍性质便和盘托出。譬如曾文正破九江的时候，杀了许多人，所杀者未必皆是洪杨党人，那就是他的残忍性抑制不住的表示，也就是他除恶务尽的办法。这回欧洲大战，死了多少人，用了若干钱，直到德奥屈服，然后停战。我们试想欧战四年中，死亡非不多，损失非不大，协约各国为什么不讲和呢？这就是欧美人做事彻底的表现，也就是除恶务尽的办法。现在中国是煦煦为仁的时代，既无所谓坚忍，亦无所谓残忍，当道者对于凶横蛮悍之督军，卖国殃民之官吏，无不包容之奖励之，决不妄杀一个，是即所谓人道主义。今后之青年做事皆宜彻底，不要虚慕那人道主义。

现在青年第四个弱点，就是好高骛远。在求学时代，都以将来之大政治家自命，并不踏踏实实去求学问。在少年时代，偶然说几句大话，将来偶然成功，那些执笔先生就称他为少年有大志。譬如郑成功做了一篇小子当洒扫应对进退的八股，中有汤武征诛，亦洒扫也；尧舜揖让，亦进退也，小子当之，有何不可数语。不过偶然说几句大话而已，后人遂称他为少年有大志。故现在青年之好高骛远，在青年自身当然亟应痛改。即前辈中之好以（少年有大志）奖励青年者，亦当负疚。我想欧美各国青年在求学时代，必不如中国青年之好高骛远。大家如能踏踏实实去求学问，始足与各国青年相竞争于二十世纪时代也。

警世钟

陈天华（1875—1905）

　　中国资产阶级民主革命先驱者之一，才华横溢的革命宣传家。曾在同盟会机关刊物《民报》工作。1905 年 12 月在东京为抗议日本政府《取缔清国留日学生规则》愤而投海自杀。陈天华的演讲风格独特，快板书式。本文是他 1905 年演讲的《警世钟》的部分章节。陈天华是 20 世纪初，中国人昏睡未醒之际，奋起撞击警世洪钟的敲钟人。书中名句"长梦千年何日醒，睡乡谁遣警钟鸣""我们要想拒洋人，只有讲革命独立"，至今读来仍振聋发聩。

．．．．．．．．．．．

耻！耻！耻！你看堂堂中国，岂不是自古到今，四夷小国所称为天朝大国吗？为什么到于今，由头等国降为第四等国呀？外洋人不骂为东方病夫，就骂为野蛮贱种，中国人到了外洋，连牛马也比不上。美国多年禁止华工上岸，今年有一个谭随员，无故被美国差役打死，无处申冤。又有梁钦差的兄弟，也被美国的巡捕凌辱一番，不敢作声之事。中国学生到美国，客店不肯收留。有一个姓孙的留学生和美国一个学生相好，一日美国学生对孙某说道："我和你虽然相好，但是到了外面，你不可招呼我。"孙某惊问道："这话怎讲？"美国学生道："你们汉人是满洲的奴隶，满洲又是我们的奴隶，倘是我国的人知道我和做两层奴隶的人结交，我国的人一定不以人齿我了。"孙某听了这话，遂活活气死了。美国是外洋极讲公理的国，尚且如此，其余的国更可想了。欧美各国，与我不同洲的国，也不怪它。那日本不是我们同洲的国吗？甲午年以前，它待中国人和待西洋人一样。甲午年以后，就隔得远了，中国人在日本的，受它的欺侮，一言难尽哩！单讲今年日本秋季大操，各国派来看操的，就是极小的官员，也有座位，日本将官十分恭敬。中国派来看操的，就是极大的官员，也没有座位，日本将官全不理会。有某总兵受气不过，还转客栈，放声大哭。唉！列位！你看日本还把中国当个国吗？外国人待中国人，虽是如此无礼，中国的官府仍旧丝毫不恨他，撞着外国人，倒反恭恭敬敬，犹如属员见了上司一般，唯唯听命，这不是奇事么？租界虽是租了，仍是中国的地方，哪知一入租界，犹如入了地狱一般，没有一点儿自由。站街的印度巡捕，好比阎罗殿前的夜叉，洋行的通事西仔，好比判官手下的小鬼，叫人通身不冷，也要毛发直竖。上海有一个外国公园，门首贴一张字道："狗和华人不准入内。"中国人比狗还要次一等哩！中国如今尚有一个国号，他们待中国已是这样；等到他瓜分中国之后，还可想得吗？各国的人也是一个人，中国的人也是一个人，为何中国人要受各国人这样的欺侮呢？若说各国的人聪明些，中国的人愚蠢些，现在中国的留学生在各国留学的，他们本国人要学十余年学得成的，中国学生三四年就够了，各国的学者莫不拜服中国留学生的能干。若说各国的人多些，中国的人少些，各国的人极多的不过中国三分之一，少的没有中国十分之一。若说各国的地方大些，中国的地方小些，除了俄罗斯以外，大的不过如中国的二三省，小的不过如中国一省。若说各国富些，中国穷些，各国地面地内的物件，差不多就要用尽了，中国的五金各矿，不计其数，大半没开，并且地方很肥，出产很多。这样讲来，就应该中国居上，各国居下，只有各国怕中国的，断没有中国怕各国的。哪知把中国比各国，倒相差百余级，做了他们的奴隶还不算，还要做他们的牛马；做了他们的牛马还不算，还要灭种，连牛马都做不着。世间可耻可羞的事，哪有比这个还重些的吗？我们于这等事还不知耻，也就无可耻的事了。唉！伤心呀！

杀呀！杀呀！杀呀！于今的人，都说中国此时贫弱极了，枪炮也少得很，怎么能和外国开战呢？这话我也晓得，但是各国不来瓜分我们中国，断不能无故自己挑衅，学那义和团的举动。于今各国不由我分说，硬要瓜分我了，横也是瓜分，竖也是瓜分，与其不知不觉被他瓜分了，不如杀他几个，就是瓜分了也值得些儿。俗语说的，"赶狗逼到墙，总要回转头来咬他几口。"难道四万万人，连狗都不如吗？洋兵不来便罢，洋兵若来，奉劝各人把胆子放大，全不要怕他。读书的放了笔，耕田的放了犁耙，做生意的放了职事，做手艺的放了器具，齐把刀子磨快，子药上足，同饮一杯血酒，呼的呼，喊的喊，万众直前，杀那洋鬼子，杀投降那洋鬼子的二毛子。满人若是帮助洋人杀我们，便先把满人杀尽；那些贼官若是帮助洋人杀我们，便先把贼官杀尽。"手执钢刀九十九，杀尽仇人方罢手！"我所最亲爱的同胞，我所最亲爱的同胞，向前去，杀！向前去，杀！向前去，杀！杀！杀！杀我累世的国仇，杀我新来的大敌，杀我媚外的汉奸。杀！杀！杀！

最后一次的讲演

闻一多（1899—1946）

中国近代著名诗人、学者。著有《红烛》《死水》等诗集。1946 年 7 月 11 日民主战士李公朴先生遭特务暗杀，7 月 15 日在云南大学礼堂举行李公朴先生追悼会，一小撮特务肆意捣乱，闻一多"拍案而起"，作了这篇即席发言。当日下午闻一多也惨遭特务暗害。故后人定题为"最后一次的讲演"。闻一多在讲演中对反动势力的倒行逆施做出了深刻的揭露和批判。

这几天，大家晓得，在昆明出现了历史上最卑污、最无耻的事情！李先生究竟犯了什么罪，竟遭此毒手？他只不过用笔写写文章，用嘴说说话，而他所写的、所说的，都无非是一个没有失掉良心的中国人的话！大家都有一支笔，有一张嘴，有什么理由拿出来讲啊！有事实拿出来讲啊！（闻先生声音激动了）为什么要打要杀，而且不敢正大光明地来打来杀，而偷偷摸摸地来暗杀，（鼓掌）这成什么话？（鼓掌）

今天，这里有没有特务？你站出来！是好汉的站出来！你出来讲！凭什么要杀死李先生？（厉声，热烈鼓掌）杀死了人，又不敢承认，还要诬蔑人，说什么"桃色事件"，说什么共产党杀共产党，无耻啊！无耻啊！（热烈的鼓掌）这是某集团的无耻，恰是李先生的光荣！李先生在昆明被暗杀，是李先生留给昆明的光荣，也是昆明人的光荣！（鼓掌）

去年"一二•一"昆明学生为了反对内战，遭受屠杀，那算是青年的一代，献出了他们最宝贵的生命！现在李先生为了争取民主和平，而遭受了反动派的暗杀，我们骄傲一点说，这就是像我们这样大年纪的一代，我们的老战友，献出了最宝贵的生命。这两桩事发生在昆明，这算是昆明无限的光荣！（热烈的鼓掌）

反动派暗杀李先生的消息传出后，大家听了都悲愤痛恨。我心里想，这些无耻的东西，不知他们是什么想法，他们的心理是什么状态，他们的心怎样长的！（捶击桌子）其实很简单（低沉渐高）他们这样疯狂地来制造恐怖，正是他们自己在慌啊！在害怕啊！所以他们制造恐怖，其实是他们自己在恐怖啊！特务们，你们想想，你们还有几天，你们完了，快完了！你们以为打伤几个，杀死几个，就可以了事，就可以把人民吓倒了吗？其实广大的人民是打不尽的，杀不完的，要是这样可以的话，世界上早没有人了。你们杀死一个李公朴，会有千百万个李公朴站起来！你们将失去千百万人民！你们看着我们人少，没有力量。告诉你们，我们的力量大得很！多得很！看今天来的这些人，都是我们的人，都是我们的力量！此外还有广大的市民，我们有这个信心：人民的力量是要胜利的，真理是永远存在的。历史上没有一个反人民的势力不被人民毁灭的！希特勒、墨索里尼，不都在人民之前倒下去了吗？翻开历史看看，你还站得住几天！你完了！快完了！我们的光明就要出现了。我们看，光明就在我们眼前，而现在正是黎明之前那个最黑暗的时候。我们有力量打破这个黑暗，争到光明！我们的光明，就是反动派的末日！

（热烈鼓掌）

反动派故意挑拨美苏的矛盾，想利用这矛盾来打内战。任你们怎么挑拨，怎么样离间，美苏不一定打呀！现在四外长会议已经圆满闭幕了。这不是说美苏间已没有矛盾，但是可以让步，可以妥协，事情是曲折的，不是直线的。

李先生的血，不会白流的！李先生赔上了这条性命，我们要换来一个代价。"一二·一"四烈士倒下了，年轻的战士

们的血，换来了政治协商会议的召开，现在李先生倒下了，他的血要换取政协会议的重开！（热烈鼓掌）我们有这个信心！（鼓掌）

"一二·一"是昆明的光荣，是云南人民的光荣，云南有光荣的历史，远的如护国，这不用说了。近的如"一二·一"，都是属于云南人民的，我们要发扬云南光荣的历史！（听众表示接受）

反动派挑拨离间，卑鄙无耻，你们看见联大走了，学生放暑假了，便以为我们没有力量了吗？特务们，你们错了！你们看见今天到会的一千多青年，又握起手来了，我们昆明的青年决不会让你们这样蛮横下去的！

反动派，你看见一个倒下去，可也看得见千百万个站起的？正义是杀不完的，因为真理永远存在！（鼓掌）

历史赋予昆明的任务是争取民主和平，我们昆明的青年必须完成这任务！

我们不怕死，我们有牺牲的精神，我们随时像李先生一样，前脚跨出大门，后脚就不准备再跨进大门！（长时间热烈的鼓掌）